일본문학 컬렉션 01

짧았기에
더욱 빛나는

일본문학 컬렉션 01

짧았기에 더욱 빛나는

© 작가와비평, 2021

1판 1쇄 인쇄_2021년 06월 20일
1판 1쇄 발행_2021년 06월 30일
지은이_히구치 이치요·아쿠타가와 류노스케·가지이 모토지로
　　　　 나카지마 아쓰시·다자이 오사무·미야자와 겐지
옮긴이_안영신·박은정·서홍
펴낸이_홍정표
펴낸곳_작가와비평
　　　　 등록_제2018-000059호

공급처_(주)글로벌콘텐츠출판그룹
　　　　 대표_홍정표　**이사**_김미미
　　　　 편집_하선연 권군오 최한나 홍명지　**기획·마케팅**_이종훈 홍혜진
　　　　 주소_서울특별시 강동구 풍성로 87-6
　　　　 전화_02-488-3280　**팩스**_02-488-3281
　　　　 홈페이지_http://www.gcbook.co.kr　**메일**_edit@gcbook.co.kr

값 13,000원
ISBN 979-11-5592-273-6　03830

일본문학 컬렉션 01

짧았기에
더욱 빛나는

히구치 이치요·아쿠타가와 류노스케·가지이 모토지로
나카지마 아쓰시·다자이 오사무·미야자와 겐지 지음

안영신·박은정·서홍 옮김

작가와비평

차
례

:: 히구치 이치요

섣달그믐   8
우리 아이   35
작가 및 작품 소개   48

:: 아쿠타가와 류노스케

밀감   58
아버지   65
작가 및 작품 소개   73

:: 가지이 모토지로

레몬   82
모순과 같은 진실   93
작가 및 작품 소개   102

:: 나카지마 아쓰시

행복 110
나폴레옹 123
작가 및 작품 소개 140

:: 다자이 오사무

벚나무와 마술피리 148
앵두 160
작가 및 작품 소개 171

:: 미야자와 겐지

쏙독새의 별 178
바람의 아이 마타사부로 190
작가 및 작품 소개 256

:: 역자 후기 262

일본문학 컬렉션

01

히구치 이치요

번역 안영신

섣달그믐

●●●

히구치 이치요

상

우물은 도르래 밧줄이 열두 길이나 되고, 부엌으로는
섣달 칼바람이 매섭게 휘몰아쳤다.

"어휴, 너무 춥다."

불을 살펴보느라 아궁이 앞에 잠깐 앉아 있었을 뿐인
데 한참이나 시간을 허비한 것처럼 호되게 꾸지람을 들
어야 하는 하녀의 신세가 고달프기 그지없다. 이곳에 일
자리를 소개해 준 아주머니는 이렇게 얘기했다.

"주인집 자녀는 모두 여섯 명이지만 항상 집에 있는 건
맏아들과 막내뿐이야. 사모님은 좀 변덕스럽긴 해도 눈

치껏 행동하면 크게 힘들진 않을 게다. 기분만 잘 맞춰주면 되는 사람이니까 모든 건 네가 하기 나름이야. 동네에서 제일가는 부잣집이지만 인색하기로도 으뜸이지. 다행히 바깥어른 성품이 좋아서 용돈은 좀 받을 수 있을 게야. 그만두고 싶으면 긴 얘기 필요 없고 나한테 엽서나한 장 보내거라. 다른 일자리를 찾아달라면 그렇게 해줄터이니. 고용살이에서 제일 중요한 건 속내를 드러내지 않고 요령껏 처신하는 거야."

사실 걱정이 되긴 했지만 무슨 일이든 마음먹기에 달려 있으니 아주머니에게 또다시 신세지지 않겠다고 다짐했다. 주어진 일에 감사하며 열심히 노력하면 인정받을 수 있을 거라는 생각에 이런 고약한 주인 밑에서 일하기로 했던 것이다. 이 집에 들어오고 사흘 째 되던 날, 일곱 살짜리 주인집 딸의 무용 발표회 준비로 아침 목욕물을 데워 아이를 깨끗이 씻겨야 했다.

"미네야, 미네야."

서릿발이 선 새벽녘, 사모님이 따뜻한 잠자리에서 재떨이를 두드리며 부르는 소리가 자명종 소리보다 더 눈을 번쩍 뜨게 했다. 재빨리 일어나 앞치마를 두르고 소매를 걷어붙이며 부지런히 우물가로 나갔더니 개수대엔 아직 달빛이 아른거렸다. 살을 에는 듯한 차가운 바람에 잠이 확 달아났다.

욕조는 붙박이라 크진 않았지만 물통 두 개에 물을 가득 길어 열세 번은 날라야 했다. 땀투성이가 되어 물을 나르는데 일할 때 신는 게다의 끈이 헐거워져 발가락을 세우지 않으면 자꾸 벗겨지려고 했다. 그런 게다를 신고 무거운 물통을 옮기다 보니 발밑이 흔들거려 결국 얼어붙은 개수대 바닥에 미끄러져 순식간에 나동그라졌다. 그 바람에 정강이를 우물에 세게 부딪쳐 눈처럼 하얀 피부에 시퍼런 멍이 들었고 넘어지면서 내팽개쳐진 물통 한 개는 밑이 빠져 버렸다. 물통 가격이 얼마인지 모르겠지만 재산이 크게 축나기라도 한 듯 이마에 핏대를 세운 사모님의 표정이 너무 무서웠다. 아침식사 시중을 들 때부터 계속 노려보기만 하더니 그날은 하루 종일 말 한마디 없으셨다.

"이 집 물건은 거저 생긴 게 아니라는 걸 명심해라. 주인 물건이라고 함부로 다루면 천벌을 받을 게야."

그리고 다음날부터 사소한 일에도 잔소리를 해대기 시작했다. 집에 누가 올 때마다 물통 망가뜨린 얘기를 하는 바람에 몹시 창피했다. 그 이후에는 조심했기 때문에 그런 실수를 하지 않았다.

"세상에는 하녀를 부리는 사람이 많지만 야마무라 댁처럼 하녀가 자주 바뀌는 집도 없을 거야. 한 달에 두 명은 보통이고 사나흘 만에 그만두거나 하룻밤 사이에 도망친 사람도 있잖아. 지금까지 거쳐 간 사람을 다 헤아리자면 손가락이 아플 정도라니까. 그러고 보면 미네는 참을성이 대단한 아이야. 그런 아이한테 가혹하게 굴면 천벌을 받지. 도쿄가 아무리 넓다 해도 야마무라 집안에서 일할 사람을 못 구할 걸. 참 기특한 아이야. 마음씨도 착하고."

이렇게 칭찬하는 사람이 있는가 하면,

"무엇보다 얼굴이 예쁘잖아."라고 말하는 남자도 있었다.

하나뿐인 외삼촌이 지난 가을 쓰러지면서 일하던 채소가게도 문을 닫고 동네 뒷골목 판자촌으로 이사했다고 들었다. 하지만 까다로운 주인 밑에서 일하는 미네는 월급 가불 같은 건 꿈도 꿀 수 없었고 병문안 가겠다는 말도 꺼내기 힘들어 안절부절못했다. 사모님은 심부름을 보낼 때도 시간과 거리를 어림잡아 계산할 정도로 지독했다. 몰래 다녀올까 생각도 해봤지만 나쁜 짓은 금방 소문이 나기 마련이다. 기껏 참고 견뎌온 노력이 물거품이 될 테고 만일 쫓겨나기라도 하면 병석에 계신 외삼촌께 걱정만 끼칠 것이다. 형편이 어려운 외삼촌댁에 단 하루라도 폐를 끼칠 수는 없었다. 곧 찾아뵙겠다는 편지만 보내 놓고 안타까운 시간만 흘려보내고 있었다.

12월이 되면 모두들 마음이 바빠진다. 정성들여 고른 예쁜 옷으로 치장을 한 주인집 딸들은 유명 배우들이 나오는 연극 얘기로 한창 이야기꽃을 피웠다. 마침 재미있는 희극도 같이 공연하고 있으니 꼭 봐야 한다는 딸들의 성화에 못 이겨 모처럼 가족끼리 연극을 보러가기로 했다. 평소 같으면 기쁜 마음으로 주인을 따라 연극을 보러 갔겠지만 부모님을 여의고 외삼촌마저 병석에 누워 계신데 한가하게 구경이나 다닐 처지가 아니었다. 주인의 심기를 건드리지 않도록 조심스럽게 연극 보러 가는 대신 그 시간을 좀 빼달라고 부탁했다.

"빨리 갔다가 냉큼 돌아와야 한다."

평소 열심히 일했던 만큼 다음 날 허락을 받을 수 있었다. 사모님 마음이 언제 또 바뀔지 몰라 고맙다는 인사를 하기가 무섭게 곧바로 인력거를 잡아탔다. 외삼촌 동네는 아직 멀었나, 언제쯤 도착하려나, 마음이 조급했다.

하쓰네초라는 동네 이름은 고상해 보이지만 이곳은 가난한 사람들이 모여 사는 마을이다. 미네의 외삼촌 야스베는 '정직한 머리에 신이 머문다' *'정직한 사람은 신이 보호해 준다'는 의미 는 속담처럼 신이 계신 이마 위쪽이 대머리처럼 빛이 났다. 이걸 간판으로 삼아 다마치에서 기쿠자카 지역까지 가지와 무를 팔러 다녔다. 짧은 밑천으로 하는 장사라 무조건 값싸고 양이 많은 것만 팔았다. 배 모양 용기에 수북하게 담은 오이나 지푸라기로 포장한 송이버섯 같은 건 아예 없었다. '채소장수 야스베가 갖고 오는 물건은 맨날 똑같네.'라는 놀림에도 찾아와 주는 단골손님이 그저 고마울 뿐이었다. 그럭저럭 세 식구가 먹고 살수 있었고 여덟 살 먹은 산노스케를 학교에 보낼 정도는되었다.

고단한 세상살이가 깊이 사무치는 가을, 그러니까 9월이 끝나갈 무렵이었다. 갑자기 바람이 차가워진 어느 날아침, 외삼촌이 장사할 물건을 떼어와 집으로 옮겨 놓았는데 곧바로 열이 나면서 신경통으로 번졌다고 한다. 석달이 지난 지금까지 장사는커녕 식량마저 바닥나서 짐을 나르는 멜대까지 팔아야 할 처지가 되었다. 더 이상큰길가 가게에서 지낼 수도 없어서 월세 15전짜리 뒷골목 판자촌으로 옮겨 남의 눈을 피해 살아야 했다. 좋은 시절이 다시 오길 기대하며 집을 옮기는 거였지만 인력거에는 환자 한 명만 탔을 뿐이었다. 짐이라고 해봐야 한 손으로도 충분한 보따리 하나만 싣고 같은 동네의 후미진 곳으로 들어가는 초라한 이사였던 것이다.

인력거에서 내린 미네는 외삼촌댁이 어디인지 찾아다녔다. 처마에 연이랑 풍선을 매달아 놓은 과자가게 앞에 멈춰 서서 아이들 틈에 산노스케가 있나 싶어 안을 들여다봤지만 보이지 않았다. 맥이 빠진 채 주위를 둘러보는데 맞은편에서 약병을 들고 걸어가는 깡마른 아이의 뒷모습이 눈에 들어왔다. 산노스케보다 키도 크고 말라 보였지만 혹시나 하는 마음에 잽싸게 뛰어가 얼굴을 확인하였다.

"우아, 누나."

"어머, 산노스케. 마침 잘 만났다."

두 사람은 술집과 군고구마 가게 사이의 깊숙한 골목으로 들어갔다. 하수구에 덮인 널빤지를 밟을 때마다 덜거덕거리는 어둑어둑한 안쪽으로 들어서자 산노스케가 앞서 뛰어 갔다.

"아버지, 어머니. 누나가 왔어요!"

"뭐라고? 미네가 왔다고?"

"어머나, 어떻게 온 거야?"

외삼촌이 몸을 일으키자 외숙모는 삯바느질하던 손놀림을 멈추고 미네의 손을 잡고 기뻐했다. 집안을 들여다보니 다다미 여섯 장짜리 단칸방에 찬장만 달랑 있었다. 장롱이나 함 같은 건 이전에도 없긴 했지만 멀쩡한 화로 하나 없이 사각형 질그릇을 상자에 넣어 사용하고 있었다. 원래 보잘것없는 살림살이여서 쌀통조차 없었다. 같은 12월 하늘 아래 누군 팔자 좋게 연극을 보러 다니는데 참으로 서글픈 신세였다. 미네는 눈물을 글썽거렸다.

"바람이 차가우니 좀 누우세요."

구운 전병처럼 딱딱한 이불을 외삼촌 어깨에 걸쳐드렸다.

"고생이 많으시죠. 외숙모도 야위신 거 같네요. 근심 걱정으로 몸까지 상하시면 안 돼요. 병세에 차도는 좀 있으세요? 편지로 얘긴 들었지만 눈으로 확인할 수 없어서 많이 걱정했어요. 시간을 내려고 기회를 엿보다 겨우 이렇게 오게 되었어요. 집은 나중 문제니까 너무 신경 쓰지 마세요. 외삼촌 몸만 좋아지면 가게도 다시 열 수 있으니까 빨리 나으셔야죠. 뭐 좀 사 오려고 했는데 길은 멀고 마음은 급한데 인력거는 왜 그렇게 느려 터진 건지 외삼촌이 좋아하시는 엿 가게도 그냥 지나쳐 버렸네요. 이거별거 아니지만 용돈 쓰고 남은 거예요. 고지마치에서 친척분이 오셨을 때 어르신이 복통으로 고생하셔서 밤새허리를 주물러 드렸더니 앞치마라도 사라고 주셨어요. 이래저래 엄격한 집안이지만 오시는 손님들이 잘해 주시니 염려 마세요. 일하는 데 어려움도 없고요. 이 돈주머니랑 장식깃도 얻은 건데요. 이 옷깃은 저한테 안 어울리니까 외숙모가 쓰세요. 돈주머니는 모양만 조금 바꿔서 산노스케 도시락 주머니로 쓰면 딱 좋을 거 같아요. 그런데 산노스케는 학교에 다니고 있나요? 공책에 쓴 거좀 누나한테 보여줘 봐."

이야기가 계속 이어졌다.

미네가 일곱 살 때 관리직이었던 아버지는 곳간 공사장 발판 위에서 인부에게 지시를 하려고 밑을 내려다보는 순간 발을 헛디뎌 굴러 떨어지고 말았다. 늘 하던 일이었는데 운이 없게도 포석 교체를 위해 파낸 돌 모서리에 머리를 심하게 부딪쳐 손을 쓸 수가 없었다.

"참 안됐어. 마흔 두 살이 액년이라잖아."

사람들은 미네의 아버지가 운명을 피할 수 없었다는

사실에 놀라워했다. 어머니가 야스베 외삼촌의 여동생이라 이곳에서 함께 지냈는데 두 해 뒤에 어머니마저 유행성 독감으로 갑자기 돌아가시면서 외삼촌 부부를 친부모로 여겨왔다. 열여덟이 된 지금까지 보살펴 주신 고마움은 이루 다 말할 수 없을 정도이다.

"누나."

"이리 와."

미네는 친동생처럼 귀여운 산노스케의 등을 쓰다듬으며 얼굴을 쳐다보았다.

"아버지가 편찮으셔서 슬프고 많이 힘들지? 이제 곧 설인데 누나가 뭐 좀 사줄 테니까 어머니한테 조르거나 하면 안 돼. 알았지?"라며 타일렀다.

"떼를 쓰거나 하는 일은 전혀 없어. 여덟 살치고는 덩치도 크고 힘도 좋은 편이고. 내가 몸져눕게 되면서 버는 사람은 없는데 나갈 돈만 많았으니. 그 애가 집이 어려운 걸 가만히 보고만 있지 못하고 큰길 건어물 가게 아들 야로랑 같이 바지락을 짊어지고 팔러 다닌 모양이다. 야로가 8전을 벌면 얘는 10전을 벌었다는구나. 하늘도 이 아이의 효행을 알아본 건지 어쨌든 약값은 산노스케가 벌어서 대줬다. 미네야, 칭찬 좀 해줘라."

외삼촌은 이불을 뒤집어쓰고 울먹거렸다.

"학교 가는 걸 워낙 좋아해서 이제까지 애를 먹인 적이 없어. 아침밥을 먹으면 곧바로 달려 나가서 학교가 끝난 뒤에도 딴 데로 새는 일도 전혀 없고. 자랑은 아니지만 선생님도 칭찬을 아끼지 않는 아이인데 바지락이나 팔러 다니게 하고 이 추운 날씨에 짚신을 신겨야 하는 부모 마음이 오죽하겠니."

외숙모도 눈물을 흘렸다. 미네는 산노스케를 부둥켜안았다.

"어쩜, 이리 효자일까. 아무리 덩치가 커도 여덟 살 어린앤데. 멜대를 매고 다니느라 어깨 아프지? 짚신에 쓸려서 발에 상처라도 나진 않았어? 조금만 참아. 오늘부터 나도 집에 돌아와서 외삼촌 병간호하면서 살림도 도울게. 이런 사정도 모르고 오늘 아침 두레박줄에 붙어 있는 차가운 얼음 때문에 힘들다고 투덜댄 게 미안해지네. 학교에 다니는 꼬맹이한테 바지락이나 지고 다니게 했으니. 누나가 이러고 있을 때가 아니지. 외삼촌! 시간을 좀 주세요. 저도 이제 고용살이는 그만둘래요!"

미네는 울고 말았다. 눈물을 감추려고 고개를 숙인 산노스케의 옷을 보니 어깨솔기가 터지고 천이 찢어져 있

었다. 이 어깨에 짐을 지고 다녔다고 생각하니 마음이 아팠다. 외삼촌은 미네가 일을 그만둔다고 하자,

"당치도 않은 소리 하질 말거라. 말은 고맙다만 집으로 돌아온다 한들 여자 벌이는 얼마 되지도 않아. 게다가 주인한테 미리 받은 돈도 있으니 그냥 돌아올 수도 없는 노릇이고. 처음이 중요한 법이야. 견뎌내지 못하고 그만두었다고 소문이 나면 안 되니까 주인을 잘 모시면서 일해야지. 내 병도 오래가진 않을 게다. 조금 나아지면 다시 장사도 할 수 있지 않겠냐. 이제 보름만 있으면 올해도 다 지나가는구나. 새해에는 좋은 일도 생기겠지. 무슨 일이든 참고 견뎌야 해. 산노스케도 미네도 잘 참아주면 고맙겠다."라며 눈물을 닦았다.

"오랜만에 왔는데 차린 건 별로 없지만 네가 좋아하는 이마가와야키 *밀가루에 팥소를 넣어 만든 과자 랑 토란조림을 했으니까 많이 먹어."라는 말에 미네는 기뻤다.

"고생시키고 싶지 않다만 섣달그믐이 코앞에 닥쳤는데 실은 집안에 힘든 문제가 있어서 말이다. 빚 때문에 가슴이 답답하기만 하구나. 처음 병이 나서 자리에 누웠을 때 다마치의 고리대금업자한테 석 달 후에 갚기로 하고 10전을 빌렸는데 1엔 50전은 선이자로 떼고 손에 쥔

건 8엔 50전이었지. 그게 9월 말이었으니 이번 달이 기한인데 지금 형편으로는 도저히 갚을 방법이 없구나. 집 사람이 손끝에서 피가 날 정도로 삯바느질을 하고 있는데도 하루에 10전도 못 벌고 있다. 산노스케한텐 얘기해 봤자 아무 소용없는 일이고. 미네야, 네 주인집은 시로가네 다이초에 셋집이 백 채나 된다지? 그 수입만 갖고도 좋은 옷을 입고 호화롭게 지낸다고 들었다. 너한테 볼일이 있어서 그 집 앞까지 한 번 간 적이 있는데 으리으리한 집에서 부러울 정도로 잘 살더구나. 그런 주인 밑에서 1년이나 일했으니 이제 주인 마음에 들지 않았겠냐. 그럼 부탁을 좀 해봐도 되지 않을까. 이달 말에 차용증을 다시 써달라고 하면서 선이자 1엔 50전을 떼어주면 석 달은 더 연기해 줄 게야. 욕심같이 들리겠지만 큰길 가게에서 떡을 좀 사서 정초에 산노스케에게 떡국이라도 맛보게 해주고 싶구나. 그렇지 않으면 부모로서 너무 미안한 일이라. 어렵겠지만 주인한테 한번 얘기해 보겠니? 그믐까지 돈을 좀 마련할 수 있으면 좋겠다만."

외삼촌의 부탁에 미네는 잠시 골똘히 생각하다가 말했다.

"알았어요. 제가 어떻게 해볼게요. 정 안 되면 월급이라도 가불해 달라고 부탁하죠 뭐. 남의 집 속사정은 아무도 모르는 거고 누구나 돈 문제엔 민감하지만 큰돈도 아니고 사정 얘기를 잘하면 그 정도 부탁은 들어주실 거예요. 그러려면 기분을 잘 맞춰야 하니까 오늘은 이만 돌아갈게요. 다음번엔 정월 휴가 때나 올 수 있을 거예요. 명절 때 다 같이 모여 웃으면 좋잖아요."

미네는 그렇게 돈 문제를 떠맡아 버렸다.

"돈은 어떻게 받아오지? 산노스케를 보낼까?"

"그럼 되겠네요. 길이 멀어서 산노스케한테 좀 미안하지만. 평소에도 그렇지만 그믐 땐 제가 짬이 안 날 거예요. 오전까지는 어떻게든 꼭 준비해 놓을게요."

굳게 약속하고 미네는 돌아갔다.

하

야마무라 집안의 장남 이시노스케에겐 배다른 여동생들이 있었다. 아버지한테도 사랑을 받지 못했던 그는 자신을 다른 집 양자로 보내고 데릴사위를 얻어 상속하자고 의논하는 걸 10년 전에 우연히 듣고 부모에 대한 감정이 좋지 않았다. 옛날처럼 의절을 할 수 없는 게 그나마 다행이었다. 이시노스케는 맘껏 놀면서 새어머니를 괴롭혀 주려고 열다섯 살 봄부터 엇나가기 시작했다. 그는 풍채도 남자답고 고상했으며 눈빛도 영리했다. 거무스름한 피부에 호감형이라고 동네 아가씨들이 입을 모았지만 난폭한 구석이 있었다. 시나가와의 유곽을 드나들면서 거기에서만 소동을 피울 만큼 빈틈도 없었다. 한밤중에 인력거로 동네를 돌면서 불량배들을 두들겨 깨워 술이며 안주를 사주다 보니 지갑엔 돈이 남아나지 않았다. 그리고 고집을 부리는 것이 취미였다.

"이시노스케한테 재산을 상속하는 건 기름통에 불을 붙이는 거나 다름없어요. 재산이 연기처럼 사라지고 나면 우린 어떡하라고요. 딸들이 너무 가엾잖아요."

새어머니는 아버지에게 끊임없이 호소했다.

"그렇다고 이런 방탕한 놈을 양자로 받아줄 사람도 없을 텐데. 하여간 재산을 좀 나눠주고 어디 조용한 데로 보내서 따로 살게 합시다."

부부가 의논하여 은밀히 결정했지만 정작 본인은 들은 체 만 체 하며 그런 수작에 넘어가지 않았다.

"분배금 만 엔에 생활비는 다달이 따로 보내주고 내가

어떻게 살든 간섭하지 마세요. 아버지가 돌아가시면 내가 이 집안의 가장이란 걸 다들 명심하라고. 부뚜막신에게 소나무 가지 하나를 바칠 때도 이 오라버니의 의견을 묻기로 약속한다면 따로 사는 걸 생각해 보지 뭐. 이 집을 위해 일하든 말든 그건 내 맘이고. 그래도 좋다면 뜻에 따르죠."

이시노스케는 번죽거리며 식구들을 난처하게 만들었다. 작년보다 셋집이 더 늘어서 수입이 배로 늘었다는 소문을 듣고는 이렇게 말했다.

"웃기는군. 그렇게 돈을 많이 벌어서 누굴 주려고? 화재는 등잔불에서 시작되는 법이지. 집안에 맏아들이라는 불씨가 도사리고 있다는 걸 잊으셨나. 내가 재산을 다 빼내서 당신네들이 아주 즐거운 새해를 맞도록 해드리지."

그는 그믐날 실컷 술을 퍼마실 장소도 정했다.

"얘들아, 오라버니가 왔다."

여동생들은 무서워서 가까이 가려 하지도 않고 뭐든 시키는 대로 고분고분했으니 이시노스케는 더욱 제멋대로 굴었다.

"술 깨게 물 좀 가져와."

따뜻한 고다쓰에 두 발을 넣고 행패를 부리는 이시노

스케가 얄밉기는 했지만 새어머니는 어쩔 수 없이 독설을 꾹 참았다. 감기 걸리지 않게 잠옷을 챙기고 베개까지 받쳐주었다.

"암튼 일을 시키면 대충대충 해버린다니까."

그리고 들으라는 듯이 장남의 머리맡에서 내일 명절에 쓸 멸치 다듬는 일을 갖고 괜스레 부산을 떨었다.

정오가 가까워지자 미네는 외삼촌과의 약속이 걱정되었다. 사모님의 기분을 살필 겨를도 없이 틈이 나자마자 머리 수건을 벗어들고 손을 비비며 부탁했다.

"저, 요전에 부탁드린 돈 말인데요. 바쁘신데 죄송하지만 오늘 낮까지 외삼촌께 드리기로 약속한 거라서요. 한 번만 도와주시면 외삼촌도 정말 고마워하실 거예요. 이 은혜는 죽어도 잊지 않을 게요."

처음 얘기를 꺼냈을 때 대답이 좀 애매하긴 했지만 귀찮게 또다시 물으면 혹시라도 마음이 바뀔까봐 알겠다는 말만 믿고 지금까지 참고 기다렸던 것이다. 그믐인 오늘 오전까지 마련하겠다고 외삼촌과 약속을 했는데 잊어버린 건지 아무런 말이 없어서 불안했다. 미네한테는 절박한 일이라 용기내서 힘들게 꺼낸 얘긴데, 사모님은 놀랐다는 듯 어이없어 하는 표정으로 말했다.

"그게 무슨 말이니? 아, 그래. 너의 외삼촌이 병이 나서 빚을 졌다고 했지? 근데 당장 나한테 대신 갚아달라고 하진 않았잖아. 네가 뭔가 잘못 들은 거 아니니? 나는 전혀 기억이 없는데?"

사모님이 이런 사람이라는 건 이미 알고 있었지만 어쩜 이렇게도 인정머리가 없을까.

꽃무늬와 단풍무늬가 들어간 예쁜 나들이옷을 입은 딸들의 옷매무새를 가다듬어 주면서 오붓한 시간을 보내고 싶은데 장남이 눈엣가시였다. 얼른 눈앞에서 사라져 버렸으면 좋겠다는 생각은 입 밖에도 못 냈지만 짜증이 나는 건 어떻게 할 수가 없었다. 덕망이 높으신 스님이 사모님의 속내를 들여다봤다면 증오의 불길에 휩싸여 몸에서 검은 연기가 나고 마음은 미친 듯이 날뛰고 있다고 했을 것이다. 하필이면 그때 미네가 돈 얘기를 꺼냈으니 불난 집에 부채질을 한 셈이었다. 지난번에 분명히 알겠다고 했으면서도 담배 연기를 내뿜으며 시치미를 뚝 뗐다.

"아마 네가 잘못 들은 거겠지. 난 모르는 일이다."

큰돈도 아니고 단돈 2엔이었다. 게다가 자기 입으로 해주겠다고 한지 열흘도 안 되었는데 노망이 든 것도 아닐

테고. 아, 벼룻집 서랍에 열 장인지 스무 장인지 손도 대지 않는 돈다발이 그대로 들어있지 않은가. 딱 두 장이면 외삼촌이 기뻐하시고 외숙모도 환하게 웃으실 텐데. 산노스케에게 떡국이라도 맛보게 해주고 싶다는 얘기를 떠올리니 그 돈이 너무도 간절했다. 사모님이 원망스러웠다. 미네는 분했지만 아무 말도 못했다. 평소에도 얌전했던 미네는 자기주장을 내세우며 따질 만한 재주도 없었다. 풀이 죽어 부엌에 서 있는데 때마침 정오를 알리는 종소리가 들렸고 그날따라 그 소리가 새삼 가슴을 울렸다.

"어머니, 빨리 좀 와주세요. 아침부터 진통이 시작되었는데 오후에는 아기가 나올 것 같아요. 초산이라 남편도 어쩔 줄 몰라 허둥대고 있고 어르신도 안 계신 집이라 난리가 났어요. 지금 바로 와주세요."

생사의 갈림길이라는 초산을 앞둔 사이오지에 사는 딸이 인력거를 보내왔다. 아무리 바쁜 그믐날이라도 만사 제쳐 놓고 가야 할 상황이었다. 집에는 돈이 있고 방탕한 아들이 자고 있었다. 가긴 가야겠는데 집도 걱정이 되고 마음은 둘로 갈렸지만 몸은 나눌 수가 없었다. 딸이 걱정되어 인력거를 타긴 했지만 이럴 때 태평스러운 남편이 얄미웠다.

"하필이면 오늘 같은 날 바다낚시를 갈 게 뭐람."

사모님은 믿음직스럽지 못한 강태공을 원망하며 집을 나섰다.

사모님이 떠나고 산노스케는 가르쳐 준 대로 시로가네다이마치를 잘 찾아왔다. 자신의 초라한 차림새 때문에 누나의 체면이 깎일까 봐 부엌 앞에서 쭈뼛거렸다. 아궁이 앞에서 울고 있던 미네가 눈물을 닦으며 나와 보니 산노스케가 서 있었다. 아, 잘 왔다고 말할 수도 없고 어쩌면 좋을까.

"누나, 들어가도 돼? 돈은 빌린 거야? 아버지가 주인어른과 사모님한테 인사를 하고 오라고 하셨어."

아무것도 모르고 해맑게 웃는 얼굴을 쳐다보기가 괴로웠다.

"어머나, 잠깐만 기다려. 일이 좀 있어서."라고 말해 놓고는 그대로 달려 나갔다. 집안을 둘러보니 딸들은 마당에서 노느라 정신이 없었고 심부름하는 아이는 아직 돌아오지 않았다. 바느질하는 사람은 2층에 있는데 귀가 들리지 않아 상관없었다. 이시노스케는 거실 고다쓰에서 깊이 잠들어 있었다.

'신이시여 부처시여, 저는 나쁜 사람이 되겠습니다. 그러고 싶진 않지만 어쩔 수가 없습니다. 벌을 주시려거든 저한테만 내려주세요. 외삼촌과 외숙모는 아무것도 모르고 돈을 빌리는 것이니 부디 용서해 주세요. 죄송하지만 이 돈을 훔치겠습니다.'

벼룻집 서랍 속 돈다발에서 지폐 두 장을 빼냈고 그 다음에는 어떻게 했는지 기억이 나지 않았다. 산노스케한테 돈을 줘서 돌려보내는 광경을 처음부터 지켜본 사람이 없으리라는 생각은 어리석은 것이었다.

날이 저물 무렵, 주인어른이 웃는 얼굴로 낚시터에서 돌아오고 곧이어 사모님도 귀가했다. 딸이 순산을 해서 기쁜 마음에 인력거꾼한테도 친절하게 대했다.

"오늘밤 집안일을 해놓고 다시 갈 거라고 하세요. 내일은 일찌감치 동생 한 명을 보낸다고 전해 주고요. 수고 좀 해주세요."라며 양초라도 사라고 돈을 쥐어주었다.

"아이고, 바쁘다. 누구 한가한 사람 몸을 반쪽만이라도 빌렸으면 좋겠네. 미네야, 채소는 데쳐 놓았니? 주인어른은 들어오셨어? 이시노스케는?"

마지막 질문을 할 땐 목소리를 낮췄고, 아직 안 일어났다고 하자 이맛살을 찌푸렸다.

그날 밤엔 이시노스케가 조용했다.

"내일부터 3일 동안 새해 연휴인데 집에서 설을 쇠어야겠지만 보시다시피 꼬락서니가 이래서 말이죠. 딱딱하고 고루한 사람들한테 인사 다니는 것도 귀찮고 설교 듣는 것도 신물이 나네요. 친척 중엔 미인도 없으니 만날 맛도 안 나고. 뒷골목 친구들과 오늘밤 약속이 있어서 일단 나갑니다. 다음엔 돈을 더 많이 주실 걸로 믿고, 마침 그믐날인데 오늘은 얼마를 주시려나."

아침부터 잠만 자면서 아버지를 기다린 건 돈 때문이었다.

자식은 애물단지라더니 방탕한 자식을 가진 부모만큼 불행한 사람도 없을 것이다. 끊을 수 없는 게 혈연이라 온갖 못된 짓을 하며 방탕의 구렁텅이에 빠져 있는데 내 알바 아니라며 모른 척할 수도 없는 노릇이었다. 사람들 시선도 곱지 않고 집안의 명성과 체면도 있어서 열고 싶지 않은 곳간 문도 어쩔 수 없이 여는 것이다.

이런 심정을 예상했던 이시노스케가 말했다.

"오늘밤까지 갚아야 할 돈이 있어요. 보증을 서느라 도장 찍은 것도 있고 노름판에서 불량배들한테 줘야 할 돈을 안 줬더니 일이 꼬여 버려서 말이죠. 나야 뭐 어떻게 되든 상관없지만 아버지 이름에 먹칠을 할 순 없잖아요."

결국 돈이 필요하다는 얘기였다.

아침부터 걱정했던 일이 현실이 되자 새어머니는 얼마를 달라는 건지 분위기를 살피면서 단호하지 못한 남편의 태도를 답답해했다. 말로는 도저히 이시노스케를 이길 수 없게 되자, 미네를 울렸던 아침의 태도와는 달리 남편의 눈치만 보고 있었지만 눈빛은 매서웠다.

조용히 금고 앞에 서 있던 아버지는 이윽고 50엔짜리 돈다발을 하나 들고 왔다.

"이건 네놈이 잘해서 주는 게 아니라는 걸 명심해라. 동생들 혼사도 치러야 하고 네 매형 체면도 있어서 주는 거야. 우리 야마무라 가문은 대대로 건실한 집안이다. 정직하고 성실하게 살아오면서 나쁜 소문 하나 없었는데 어째서 너 같이 못된 놈이 태어난 건지 모르겠다. 돈이 필요하다고 무분별하게 남의 돈을 훔치면 그 수치는 우리 대에서 끝나지 않을 게다. 재산은 둘째 치고 제발 부모 형제를 부끄럽게 하지 마라. 너 같은 놈한텐 이런 말을 해도 소용없겠지만 야마무라 집안의 장남으로서 사람들에게 손가락질 받지 않도록 행동하고 이 아비 대신 정초에 인사라도 다녀야 할 거 아니냐. 예순이 다 된 부모 눈에서 이렇게 눈물을 빼야겠냐. 에이, 천벌을 받을 놈 같으니라고. 어릴 땐 책도 좀 읽던 놈이 이런 걸 왜 모르냐. 옛다, 가져가라, 어디든 제발 가버려라. 집안 망신 좀 시키지 말고."

아버지는 안방으로 들어가 버렸고 돈은 이시노스케의 호주머니 속으로 들어갔다.

"어머니, 안녕히 계세요. 새해 복 많이 받으세요. 그럼 전 이만 물러가겠습니다."

비아냥거리는 건지 일부러 더 공손하게 작별인사를 했다.

"미네야, 게다 좀 똑바로 놔라. 밖으로 나가야겠다."

이시노스케는 뻔뻔스럽게 활개를 치며 어디론가 나가 버렸고 아버지의 눈물도 그저 하룻밤 소동으로 끝나버린 듯했다.

세상 불쌍한 자가 방탕한 자식을 둔 부모이고 더 불쌍한 건 그 자식을 기르는 계모이다. 소금까지 뿌리진 않았지만 어쨌든 이시노스케가 나간 자리를 깨끗이 쓸고 나니 새어머니는 속이 후련했다. 돈은 좀 아까웠지만 얼굴만 봐도 화가 치밀었는데 집에 없으니 더할 나위 없이 좋았다.

"어떻게 하면 저리 뻔뻔해질 수 있는 걸까. 저 따위 자식을 낳은 어미 낯짝을 한번 보고 싶네."

사모님은 여느 때처럼 독설을 퍼부었다.

겁을 집어먹은 미네에겐 이런 소란도 귀에 들어오지 않았다. 자신이 정말 그런 짓을 했는지조차 잘 모르겠고 꿈을 꾼 게 아닐까 싶었다. 생각해 보면 이건 금방 들통이 날 일이었다. 많은 돈 가운데 한두 장이지만 세어 보면 금방 알 수 있었다. 정확히 빌려달라고 했던 금액만큼만 모자란다면 누구를 의심할지 뻔하지 않은가. 따져 물으면 어쩌지, 뭐라고 말해야 하나, 발뺌하려 들면 죄가 더 커질 것이다. 하지만 자백을 하면 외삼촌한테까지 누를 끼치게 된다. 가난한 자에게 의심의 눈초리를 보내는 게 인지상정인데 가난하면 다들 도둑질을 할 거라고 생각하진 않을까. 아, 어쩌면 좋을까. 외삼촌께 폐를 끼치지 않게 내가 당장이라도 죽어 버리면 될까. 미네의 눈은 사모님의 거동을 살피고 있지만 마음은 벼룻집에 가 있었다.

오늘밤에는 집안의 돈을 다 모아서 봉인을 한다.

"아, 그렇지, 지붕 수리공 다로한테 빌려줬다가 받은

게 20엔인데. 미네야, 벼룻집 좀 가져 오거라."

사모님이 안방에서 미네를 부르자 이젠 다 끝났다고 생각하고 마음의 준비를 했다.

'주인어른 앞에서 내 사정을 처음부터 전부 다 얘기하고 사모님이 얼마나 매정한 사람인지 사실대로 밝히자. 잔꾀를 부리지 말고 정직하게 행동하는 것만이 나를 지키는 일이다. 피하거나 숨지 말고 돈에 욕심이 난 건 아니었지만 사정이 있어서 훔쳤다고 자백하자. 외삼촌은 전혀 모르는 일이라는 것만 분명히 말씀드리고 그래도 믿어주지 않으면 어쩔 수 없다. 그 자리에서 혀를 깨물면 목숨으로라도 진실을 증명할 수 있겠지.'

그렇게 담대하게 생각했지만 안방으로 가는 미네의 심정은 도살장에 끌려가는 소와 같았다.

미네가 빼낸 건 딱 두 장. 남은 건 모두 열여덟 장일 텐데 돈 다발이 보이지 않았다. 뒤집어서 흔들어 보았지만 마찬가지였다. 이상한 종이쪽지 하나가 툭 떨어졌는데 언제 적어둔 건지 알 수 없는 영수증이었다.

　　서랍 속에 있는 것도 빌려가겠습니다

- 이시노스케

'방탕한 아들놈 짓이란 말인가.'라고 생각하며 서로 얼굴만 마주볼 뿐 아무도 미네에게 따져 물을 생각을 하지 않았다. 미네의 효심이 지극해서 아무도 모르는 사이에 이시노스케의 죄가 되어버린 건가. 아니, 미네의 죄를 다 알고 있던 그가 내친김에 죄를 뒤집어 쓴 건지도 모른다. 그렇다면 이시노스케는 미네를 지켜준 부처일 것이다. 그 후 어떻게 되었을지 궁금하다.

우리 아이

●●●

히구치 이치요

　우리 아이가 예쁘다고 제 입으로 말하면 다들 비웃으시겠죠. 제 자식이 안 예쁜 사람은 없을 테니까요. 남들에겐 없는 보물을 자기 혼자만 갖고 있는 것처럼 우쭐대며 떠드는 모습은 정말 우습게 보일 거예요. 그래서 전 그렇게 과장된 얘기는 하지 않을 생각입니다. 하지만 이건 귀엽다든가 밉다든가 하는 그런 차원의 얘기가 아니랍니다. 두 손 모으고 절만 안 할 뿐이지 마음속 깊이 감사하고 있어요.

　우리 아이는 저를 지켜주는 수호신이에요. 천진난만하게 웃는 귀여운 얼굴을 보고 있으면 말로 다 할 수 없을 정도로 많은 깨달음을 얻게 됩니다. 학교에서 책이나 선생님을 통해 배우는 것도 분명 도움이 될 겁니다. 어려움이 닥칠 때마다 그때 배운 내용을 떠올리며 하나하나 돌이켜 볼 수 있으니까요. 하지만 그런 지식은 우리 아이의 웃는 얼굴을 눈앞에서 직접 보며 깨닫는 세상 이치에 비하면 아무 것도 아니에요. 아이의 사랑스런 미소를 보고 있노라면 집을 뛰쳐나가고 싶던 마음도 사라지고 미칠 것만 같던 마음도 어느새 가라앉거든요. 좁쌀베개를 베고 두 팔을 올린 채 잠든 천사 같은 얼굴을 바라볼 때의 감동은 그 어떤 훌륭한 강연을 들을 때의 감동에도 비할 수 없답니다. 바라만 봐도 가슴이 뭉클하고 눈물이 솟구쳐 올라요. 자존심 강한 저도 어린애가 뭐 그리 대단하냐는 말은 못하겠더라고요.

작년 연말에 우리 아이가 첫 울음을 터뜨리며 태어났을 때만 해도 저는 아직 우주를 헤매는 듯한 기분이었어요. 지금 생각해 보면 한심하기 그지없지만 '아가야, 왜 이렇게 건강하게 태어난 거니. 너만 없었더라면 그냥 친정으로 가버렸을 텐데. 저런 남편 곁에 있을 필요도 없는데. 너무 싫다.' 이런 생각이 들었습니다. 도대체 왜 이런 인연을 만나 한평생 어둠 속에서 살아야 하는 건지 정말 비참했어요. 그런 제 속도 모르고 주변 사람들은 출산을 축하해 주었지요. 하지만 저는 전혀 기쁘지 않았고 보잘 것없는 제 신세가 애처로울 뿐이었습니다.

그때의 제 심정이 어땠을지 한번 입장을 바꿔 생각해 보세요. 제아무리 지혜로운 사람이라도 세상이 정말 별 볼일 없다고 생각했을 거예요. 이렇게 가혹해도 되는 건 지 하늘도 참 무심하다고 했을 겁니다. 제가 건방져서 이런 생각을 하는 게 아니라 누구라도 이런 말을 했을 거예요. 저는 스스로에게 부끄러운 짓은 하지 않았어요. 그릇된 행동은 절대 안 한다고 자신했기 때문에 우리 부부의 갈등은 전부 남편 탓이라고만 생각했죠. 그래서 무턱대고 남편만 원망했습니다. 왜 이런 사람을 선택해서 제 인생을 이토록 고달프게 만드신 건지 저를 양녀로 삼아주신 고마운 큰아버님마저 원망스러웠습니다. 아무 잘못도 없는 저는 그저 시키는 대로 고분고분 시집을 온 것뿐인데 장님이 절벽 아래로 떼밀려버린 것 같은 신세가 되고 말았네요. 과연 신이 있기는 한 건지 원망스러울 따름이었죠. 그래서 세상이 싫어졌어요.

남에게 지기 싫어하는 제 성격이 문제는 아니라고 생각해요. 해삼처럼 흐늘흐늘 물러터진 성격이었다면 지금까지 견뎌내지 못했을 겁니다. 물론 그것도 때와 장소에 적절히 맞출 필요가 있겠죠. 무턱대고 오기만 부리다가는 낭패를 볼 수도 있어요. 특히나 여자들은 항상 조심하는 게 좋을 겁니다. 저처럼 지기 싫어하는 사람은 남들에게 속물처럼 보일 수도 있으니까요.

아내를 변변찮다고 생각한 것은 오히려 남편 쪽일지도 모르겠어요. 하지만 자신을 되돌아볼 여유도 없었던 그 시절 제가 어떻게 남편의 마음을 헤아릴 수 있었겠어요. 남편이 못마땅한 얼굴을 하고 있으면 그것조차 기분이 상했고 잔소리라도 한마디 듣게 되면 불같이 화가 났습니다. 그래서 말도 안하고 먹지도 않았어요. 괜히 일하는 애들한테 화풀이를 해댔고 이부자리를 깔고 하루 종일 누워만 있던 적도 한두 번이 아니었습니다. 저는 고집이 셌지만 눈물도 많은 편이라 잠자리에서 몰래 울기도 많이 울었어요. 지긴 싫은데 그렇다고 이길 방법도 없으니 분한 마음에 하염없이 눈물만 흘렸습니다.

시집온 지 3년이 되었어요. 처음 얼마 동안은 부부 사이도 좋았고 불만도 없었습니다. 서로에게 익숙해지면 편할 것 같지만 점차 본성이 드러나면서 힘들어지더군요. 온갖 욕구도 생기기 마련이라 상대방의 부족한 점도 보이기 시작했죠. 그런데다 제가 좀 당돌한 면이 있어서 남편이 하는 바깥일에 대해서도 거리낌 없이 속내를 드러냈어요. "당신 나한테 뭐 숨기시는 거 있어요? 바깥일에 대해서는 전혀 얘기를 안 해주시네요. 그건 바로 마음이 멀어졌다는 증거예요."라고 불만을 쏟아냈습니다. 그러면 남편은 "난 이상한 짓은 안 해."라면서 뭐든지 다 얘기해 줄 순 없지 않냐고 했어요. 뭔가 숨기고 있는 게 분명한데 상대도 안 해주고 웃기만 하니 속상하고 힘들었어요. 하나를 의심하기 시작하니 모든 게 의심스러웠습니다. 낮이고 밤이고 '또 거짓말이네.' 그런 생각이 들었죠. 그때부터 뭔가 복잡하게 뒤엉키면서 이성적 판단을 할 수 없게 되었습니다.

지금 생각해 보면 뭔가 숨기고 있던 게 틀림없어요. 여자는 입이 가볍다고 여겼을 테니 바깥일에 대해 얘기해 줄 순 없었겠죠. 하긴 그런 얘기를 일일이 하지 않는다는 게 남편의 신념이긴 했으니까요. 사실 지금도 숨기는 게 아주 많다는 걸 알고 있지만 이젠 원망 같은 건 전혀 안 합니다. 제가 울면서 원망해도 상대조차 해주지 않았던 남편의 판단은 현명했어요. 모든 일에 신중하지 못했던 그때 제가 남편의 직장 얘기를 들었더라면 얼마나 경솔하게 행동했겠어요. 그렇지 않아도 꽤 많은 사람들이 우리 집을 드나들며 의심쩍은 선물 같은 걸 건네주곤 했는데 말이죠. 사정이 힘들다고 하소연하거나 재판 결과에 생사가 달려 있다며 원고나 피고 측 사람들이 부탁하러 오는 일이 많았어요. 제가 그런 걸 모두 거절한 것은 판사 야마구치 노보루의 아내로서의 소신 때문이 아닙니다. 집에서 늘 옥신각신하느라 그런 얘기를 할 여유도 없었고 얘기했다가 좋은 소리도 못 들을 바에야 잠자코 있는 편이 낫겠다 싶었어요. 다행히도 뇌물 같은 건 안 받고 재판이 끝나긴 했지만 둘 사이는 점점 더 어긋났습니다. 갈등의 골이 깊어질 대로 깊어져 서로의 마음을 헤아릴 수조차 없게 되었죠. 지금 생각해 보면 결국 그런 상황을 만든 건 저였고 방법도 좋지 않았어요. 어느샌가 남편의 마음은 멀어졌고 그게 제 탓이라는 걸 깨닫게 되었습니다. 지금에서야 가슴 깊이 후회하며 눈물을 흘리고 있어요.

둘 사이가 한창 심각했을 때는 서로 등을 돌린 채 어디 가냐고 묻지도 않았고 행선지를 알려 주는 일도 없었습니다. 남편이 집을 비웠을 때는 아무리 급한 서류가 도착해도 확인도 하지 않고 서류 봉투를 휙 던져 버렸습니다. 아내가 아니라 집만 지키는 허수아비 같았다고나 할까요. 남편이 화를 낸 건 말할 필요도 없죠. 남편도 처음에는 잔소리에 훈계도 하고 타이르고 달래기도 했어요. 하지만 제가 워낙 고집이 센지라 말을 듣지 않았고 남편이 자꾸 뭔가 숨긴다고 트집을 잡았어요. 그리고 한 번 토라지면 여간해서는 풀리지 않았으니 어이없어하던 남편도 결국 관심을 끊어 버리더군요. 말다툼이라도 하는 건 그나마 나은 겁니다. 말 한마디 없이 서로 노려보는 단계까지 가버리면 가정이고 뭐고 다 소용없어요. 지붕과 벽만 있을 뿐이지 한데서 찬 이슬을 맞으며 지내는 거나 다름없죠. 집안이 얼마나 차갑고 냉랭한지 흐르는 눈물이 얼어붙지 않은 게 신기할 정도였습니다.

사람은 누구나 자기 방식대로 생각하는 법이라 기분이 좋을 때는 딱히 별생각이 안 들어요. 하지만 괴롭고 힘들 때는 예전의 일을 돌이켜보며 그 시절이 좋았다고 여기게 되죠. 그리고 앞으로 일어날 일에 대해서도 잘 될 거라며 낙관적으로 생각하게 됩니다. 근사하고 멋진 미래를 꿈꾸다 보면 어떻게든 힘든 현실에서 벗어나 아름답고 멋진 곳으로 가고 싶다는 생각을 하게 되죠. 저 역시 그런 환상에 젖어 제 운명이 이렇게 불행하게 끝나 버릴 리가 없다고 생각했습니다.

결혼하기 전 고무로 집안의 양녀 지쓰코로 지낼 무렵 여러 차례 혼담이 있었는데 그중에는 우시오라는 멋진 해군도 있었어요. 피부가 하얗던 호소이라는 의사와는 인연이 닿을 뻔도 했었죠. 그런데 어쩌다 이렇게 무뚝뚝한 남자와 인연을 맺게 된 건지 모르겠습니다. 한순간의 실수였다고 생각할 수밖에 없어요. 이렇게 잘못된 인연을 계속 이어가며 한평생 의미 없이 살아야 하다니 너무 서글펐어요. 저 자신을 돌아볼 생각은 전혀 안 하고 남편만 원망하면서 지냈습니다.

이렇게 쓸데없는 생각이나 하면서 남편을 무시하는 아내한테 어떤 남자가 잘 해주겠어요. 남편이 퇴근해서 돌아오면 그래도 문 앞에서 맞아주기는 했지요. 그 정도는 아내로서 해야 할 도리라고 생각했으니까요. 하지만 서로의 속마음을 터놓고 얘기하는 일은 전혀 없었습니다. 저는 화를 낼 테면 내보라는 식으로 차갑게 굴었고 남편도 참기 힘들었는지 벌떡 일어나 나가 버리더군요. 그리고 찾아가는 곳은 항상 술과 여자가 있는 자리였어요. 그게 너무 속상해서 원망도 많이 했었죠. 하지만 따지고 보면 제가 남편의 비위를 맞추지 못해서 생긴 일이었습니다. 집에 있으면 기분이 언짢아서 밖으로만 나돌

게 된 거니까 결국 제가 남편을 방탕하게 만든 셈이죠.

그렇다고 남편도 즐거운 마음으로 놀았던 건 아니라고 생각해요. 부잣집 아들이 술집 여자들과 무아지경에 빠져 노는 것과는 차원이 달랐을 테니까요. 화를 삭이고 시름을 잊으려고 술을 마셨던 거라 기분 좋게 취하진 못했나 봐요. 항상 낯빛이 창백했고 이마에는 퍼런 힘줄이 드러나 있었거든요.

남편은 거칠고 퉁명스럽게 말을 했고 별일 아닌 걸로 일하는 사람들을 호되게 꾸짖었어요. 제 얼굴을 흘긋 노려보기도 했고 잔소리는 안 했지만 매우 까다롭게 굴었어요. 지금의 부드러운 모습이라고는 조금도 찾아볼 수 없을 만큼 사납고 밉살스러운 표정이었습니다. 그런 사람 곁에 저마저 골이 잔뜩 나서 버티고 있었으니 일하는 사람들이 얼마나 힘들었겠어요. 그래서 한 달에 두 명꼴로 일하는 사람이 바뀌었고 그때마다 물건이 없어지거나 망가지는 일이 잦았습니다. 어째서 이런 인정머리 없는 사람들만 모여드는 걸까요. 세상이 원래 이렇게 인정머리가 없는 걸까요. 아니면 저를 비탄에 빠뜨리려고 제 주위엔 하나같이 그런 사람들만 있는 건가요. 여기저기 사방을 둘러봐도 믿을 만한 사람은 하나도 없었어요. 아,

정말 모든 게 진저리가 나서 될 대로 되라는 심정이었습니다. 저는 아무한테도 신경을 쓰지 않았고 남편의 동료가 집에 와도 별 얘기가 없으면 상을 차릴 생각도 안 했어요. 손님 시중은 일하는 애들한테 맡겨 버리고 머리가 아프다, 이가 아프다 하면서 손님이 있거나 말거나 마음 내키는 대로 행동했습니다. 불러도 대답조차 안했으니 손님들이 저를 어떻게 생각했겠어요. 아마도 상종 못할 사람이라며 야마구치는 마누라 잘못 만나 신세를 망쳤다고 수군거렸을 겁니다.

그때 남편이 이혼하자는 말을 꺼냈더라면 저는 생각할 것도 없이 받아들였을 거예요. 제 자신의 무례한 행동을 되돌아볼 생각은 안 하고 이렇게 불행하고 비참한 삶이 제 운명이라면 받아들여야지 별수 있겠나 싶었습니다. 저는 하고 싶은 대로 행동했어요. '그래 얼마나 더 나빠지는지 어디 한번 보자, 혹시라도 좋아지면 다행이고.'라는 말도 안 되는 생각을 하면서 말이죠. 계속 그렇게 지냈다면 지금 전 어떻게 되었을지 생각만 해도 끔찍합니다. 다행히 남편은 이혼 얘기는 꺼내지 않았고 저를 그냥 곁에 두었어요. 홧김에 이혼을 해버리는 것보다 우리에 가둬 놓고 오래도록 괴롭히는 편이 낫다고 생각한 건지도 모르겠어요.

　이제 저는 아무도 원망하지 않아요. 남편에 대한 원망도 전혀 없답니다. 그만큼 고통스런 시간이 있었기에 지금 이렇게 즐거움을 제대로 맛볼 수 있는 게 아닐까요. 제가 조금이나마 세상 이치를 깨닫게 된 것도 그런 경험 덕분일 겁니다. 그러고 보면 제 주위에 적이라고 할 만한 사람은 아무도 없어요. 당돌하게도 동네방네 제 흉을 보고 다닌 심부름하는 하야도 그렇고 꼬박꼬박 말대꾸가 심한 부엌일 하는 가쓰도 그렇고 한편으로 생각하면 제 은인이라고 할 수도 있어요. 지금 집안일을 돕는 사람들은 모두 다 마음에 듭니다. 이집 사모님만큼 잘해 주시는 분은 없다며 빈말일지라도 기분 좋은 소문을 내고 다니죠. 그 사람들이 게으름을 피우며 제대로 일을 하지 않은 것도 결국 제 탓이라는 걸 깨닫게 되었어요. 세상에는 이유 없이 남을 괴롭히는 악당도 없거니와 나쁜 짓을 하지 않는 사람을 신께서 굳이 불행하게 만들지도 않을 겁니다. 왜냐하면 저같이 온통 그릇된 생각으로 가득 찬 쓸모없는 사람에게도 이렇게 귀엽고 사랑스러운 아기를 주셨으니까요. 그건 제가 진짜 나쁜 짓은 하진 않았다는 증거가 아닐까요.

아기가 태어날 무렵 제 마음은 안개로 덮여 있었고 아기가 태어난다 해도 안개가 쉽사리 걷힐 것 같지 않았어요. 하지만 아이가 첫 울음을 터뜨린 그 순간 가슴에 사무치도록 예쁘고 사랑스러운 거예요. 저는 자존심이 강한 사람이지만 만일 누군가 제 아이를 데려가려고 한다면 자존심이고 뭐고 다 버리고 매달릴 겁니다. 우리 아이의 손가락 하나도 건들지 못하게 꼭 끌어안을 거예요.

남편과 제 생각이 같다는 사실도 아이를 통해 비로소 알게 되었습니다. 제가 아이를 안고서 "아가야, 넌 엄마만의 거란다. 엄마는 무슨 일이 있어도 너와 함께 있을 거야. 넌 엄마 거니까." 이렇게 말하며 볼에 입을 맞췄어요. 그랬더니 아이가 방긋방긋 사랑스럽게 웃으며 제 마음을 사르르 녹여 버리는 거예요. 남편같이 냉정한 사람의 자식이라고는 도저히 믿을 수 없을 정도였어요. 그때 남편이 집으로 돌아왔습니다. 뭔가 기분 나쁜 일이 있었는지 잔뜩 찌푸린 얼굴로 말이죠. 그런데 아이의 머리맡에 앉더니 서투른 손놀림으로 바람개비를 돌려주고 딸랑이도 흔들어 주더라고요. 그러더니 "이 집에서 나를 위로해 주는 건 우리 아기뿐이네."라며 시커먼 얼굴을 아이에게 바싹 들이대는 거예요. 혹시라도 아이가 무서워서 울면 어쩌나 싶었는데 저한테 그랬던 것처럼 방긋방긋 웃는 게 아니겠어요.

어느 날 남편이 수염을 꼬아 올리며 제가 보기에도 아이가 귀엽냐고 묻더군요. 당연한 거 아니냐고 새침하게 대답했죠. 그랬더니 "그러고 보니 당신도 귀여운데."라며 평소엔 하지도 않던 농담을 건네며 활짝 웃는 거예요. 피는 못 속인다더니 아이가 남편의 웃는 얼굴을 쏙 빼닮았더라고요. 저는 우리 아이가 정말 예뻐요. 그러니 어떻게 남편을 미워할 수 있겠어요. 제가 잘하면 남편도 잘해 주겠죠. 어린애한테도 배울 점이 있다더니 제 인생에 가르침을 준 건 아직 말도 제대로 못하는 갓난아기였답니다.

히구치 이치요

(樋口一葉 1872~1896)

1872년 도쿄에서 출생한 히구치 이치요는 2004년부터 발행된 5천 엔 지폐에 실린 초상으로 익숙한 인물이다. 1891년 도쿄아사히신문 전속 작가 나카라이 도스이의 지도 아래 소설을 쓰기 시작하여 1892년 「밤 벚꽃」으로 데뷔하였다. 아버지의 죽음으로 16세에 가장이 되어 어머니와 여동생을 부양해야 했던 그녀는 여성의 사회 진출이 어려웠던 시대에 생계를 위해 소설을 쓰기 시작했다. 1895년 12월 「섣달그믐」을 시작으로 「키재기」, 「흐린 강」, 「십삼야」, 「갈림길」, 「나 때문에」 등 문학사에 남는 대표작들을 1년 남짓한 기간에 집중적으로 발표하는데 이 시기를 '기적의 14개월'이라고 일컫는다. 일본 최초의 여류 직업 작가로서 생활고를 겪으며 19세에 시작된 그녀의 작가 인생은 불과 24세의 젊은 나이에 폐결핵으로 마감되었다. 당시 문단의 거장 모리 오가이는 일찍이 히구치의 재능을 발견하고 극찬을 아끼지 않았으며 세계적인 중국의 작가 위화는 그녀를 19세기 가장 위대한 여성 작가의 한 사람으로 꼽는다. 삶의 고통을 극복하기 위해 노력하는 여성을 형상화한 그녀의 작품은 지금까지도 높은 평가를 받으며 사랑받고 있다.

섣달그믐

　히구치 이치요는 고전 문학과 와카의 소양을 바탕으로 우아한 문체를 사용하면서 당시 뛰어난 남성 작가들 사이에서 다양한 여성들의 삶을 섬세하게 묘사한 대표적인 여성 작가이다. 1894년 12월 ≪문학계(文学界)≫에 발표된 「섣달그믐」은 이른바 '기적의 14개월'의 개막을 알리는 작품이다. 히구치는 그때까지의 관념적이고 형식적인 작풍에서 벗어나 하층 사회 여성의 모습을 사실적으로 그려낸 「섣달그믐」으로 문학사에 존재감을 드러내게 된다. 발표 당시에는 주목을 받지 못했지만 금전을 둘러싼 인간의 드라마를 통해 빈부의 격차라는 사회 문제를 제기한다는 점에서 사회성을 띤 작품으로 평가된다.

돈 문제로 인한 고통과 절망, 죄의식과 구원의 과정이 흥미롭게 전개되는 이 작품의 시간적 배경이 되는 12월 31일은 한 해 동안의 빚을 청산해야 하는 날로서 특별한 의미를 갖고 있다. 빚을 갚기 어려운 가난한 서민들에게는 매우 고통스러운 날일 수밖에 없다. 하녀 신분인 주인공 미네는 병석에 있는 외삼촌의 빚을 해결하기 위해 주인집 사모님에게 돈을 빌려달라고 간곡히 부탁하지만 외면당하자 결국 돈을 훔치고 만다. 자신을 키워준 외삼촌에 대한 효심 때문에 돈을 훔치게 되는 상황을 설정하여 이율배반적인 인간의 내면을 섬세하게 그려내고 있다. 그런데 자백을 결심하고 모든 것을 솔직히 털어놓기로 마음먹은 미네 앞에 예상치 못한 상황이 벌어진다. 20 엔의 돈다발에서 미네가 몰래 2엔을 빼내고 남은 18엔을 방탕한 주인집 아들 이시노스케가 전부 가져가버림으로써 위기를 모면하게 되는 것이다. 처음부터 모든 상황을 지켜보던 이시노스케가 미네를 위해 죄를 뒤집어썼을 것이라는 추측을 가능케 하면서 작가는 밑바닥 인생을 사는 약자에게 구원의 손길을 내밀고 있다.

짧은 생의 대부분을 궁핍한 생활로 힘들게 살았던 작가 히구치 이치요가 오늘날 수많은 위인들을 제치고 당

당히 5천 엔 지폐의 주인공이 되었다는 사실이 묘하게
느껴진다.

작품 소개

●●●○

우리 아이

　1896년 1월에 발표된 「우리 아이」는 히구치 이치요 소설 가운데 유일한 언문일치 작품이다. 주인공 지쓰코는 마치 독자들에게 이야기를 하듯이 남편에 대한 원망으로 가득했던 자신의 과거를 되돌아보며 현재의 심정을 서술한다. ≪일본의 가정(日本之家庭)≫이라는 잡지에 게재된 이 소설은 여성들이 읽기 쉽도록 평이하게 쓰였기 때문에 문학성이 뛰어나다고 할 순 없으나 여성만이 느낄 수 있는 모성애가 생생하게 전해진다.

　대부분의 부부가 그렇듯 결혼 후 처음엔 사이가 좋았던 주인공 지쓰코 부부는 점차 서로에게 익숙해지고 본성이 드러나게 되면서 불화와 갈등을 겪는다. 한평생 이렇게 고통스럽게 살 바에야 헤어지는 편이 낫겠다고 생각하는 그녀는 남편에 대한 불만 때문에 이제 막 태어난 아이의 존재마저 부정하고 싶었던 솔직한 감정을 담담하게 이야기한다. 그러나 탄생 그 자체가 감사이며 큰 축복인 아이를 통해 지쓰코는 어머니로서 새로운 세상을 만나게 된다. 사랑스러운 아이의 존재가 편협했던 자신의 생각과 행동을 되돌아보고 반성하는 계기가 되면서 남편과의 관계도 회복하고 큰 깨달음을 얻게 되는 스토리는 당시 비슷한 고민을 안고 있던 여성들의 공감을 충분히 얻었을 것으로 보인다. 뿐만 아니라 지금 읽어도 전혀 위화감을 주지 않고 고개를 끄덕이게 한다는 점에서 시공간을 뛰어넘는 문학의 힘을 느끼게 된다. 그리고 자식을 향한 부모의 사랑은 동서고금을 막론한 인간 보편의 감정이라는 사실을 다시 한번 깨닫게 된다. 결혼도 하지 않은 채 스물네 살의 짧은 생을 마감한 작가가 이런 글을 썼다니 섬세한 표현력이 놀랍다.

이 작품은 "우리 아이가 예쁘다고 제 입으로 말하면 다들 비웃으시겠죠. 제 자식이 안 예쁜 사람은 없을 테니까요."라는 문장으로 시작한다. 이 글을 접하면서 최근 언론을 뜨겁게 달구며 많은 사람의 분노를 자아내고 마음을 아프게 했던 아동학대 사건이 떠올라 이 시대를 살아가는 한 사람으로서 부끄러운 마음을 감출 수 없다. 자녀의 인권과 생명을 위협하는 안타까운 사건이 계속 반복되고 있는 지금 이 순간이기에 120년 전 히구치 이치요가 그려낸 순수한 자식 사랑이 더욱 깊은 울림으로 다가오는 것이 아닐까.

안영신

일본문학 컬렉션
01

아쿠타가와
류노스케

번역 안영신

밀감

●●●

아쿠타가와 류노스케

　흐린 어느 겨울날 해질 무렵이었다. 나는 요코스카에서 출발하는 상행 열차 이등칸 구석에 앉아 출발을 알리는 호각 소리를 멍하니 기다리고 있었다. 전등이 켜진 객차 안에 승객은 나 혼자였다. 창밖을 내다보니 어스름한 플랫폼에 배웅하는 사람들의 모습도 보이지 않고 우리 안의 강아지 한 마리가 이따금 처량하게 짖어대고 있었다. 이런 풍경은 그때 내가 느끼던 감정들과 묘하게도 닮아 있었다. 내 머릿속에는 이루 말할 수 없는 피로와 권태가 눈구름 낀 하늘처럼 잔뜩 찌푸린 그림자를 드리우고 있었다. 나는 외투 주머니에 두 손을 푹 찔러 넣은 채 주머니 속 신문을 꺼내 읽을 기운조차 없었다.

얼마 지나지 않아 출발 호각 소리가 울렸다. 나는 느긋한 마음으로 뒤편 창틀에 머리를 기대고 눈앞의 정거장 풍경이 뒷걸음질 치기를 아무 생각 없이 기다리고 있었다. 그 순간 개찰구 쪽에서 요란한 게다 소리가 들리는가 싶더니 차장의 욕지거리와 함께 내가 타고 있는 이등칸 문이 드르륵 열렸다. 그리고 열 서너 살로 보이는 계집아이 하나가 황급히 들어 왔다. 이때 기차가 덜컹 흔들리더니 서서히 움직이기 시작했다. 하나씩 눈앞으로 지나가는 플랫폼 기둥, 누군가 놔두고 간 수레, 객차 안 승객에게 고맙다고 말하는 빨간 모자의 짐꾼, 기차역 풍경은 차창에 부딪히는 석탄 그을음 속에서 아쉬움을 남기며 스러져 갔다. 나는 그제야 한숨 돌리고 담뱃불을 붙이며 나른한 시선으로 앞자리의 계집아이 얼굴을 힐끗 쳐다보았다. 푸석푸석한 머리카락을 뒤로 바짝 당겨 묶었고 온통 살갗이 튼 두 뺨이 눈에 거슬릴 정도로 벌겋게 달아오른 그야말로 시골뜨기 계집아이였다. 꼬질꼬질한 연두색 털목도리를 무릎까지 늘어뜨린 채 큼지막한 보따리를 안고 있는 아이의 동상 걸린 손에는 삼등칸 빨간색 차표가 꼭 쥐어져 있었다. 나는 그 아이의 볼품없는 생김새가 마음에 들지 않았고 지저분한 옷차림도 못마땅했다.

게다가 이등칸과 삼등칸도 제대로 구별 못하는 미련함에 짜증이 났다. 담뱃불을 붙이고 나서 계집아이의 존재를 떨쳐 버리고 싶은 마음에 신문을 무릎에 펼쳐 놓고 물끄러미 내려다보고 있었다. 그때 신문의 지면을 비추던 창밖의 빛이 갑자기 전등 빛으로 바뀌며 인쇄 상태가 고르지 못한 활자가 제법 선명하게 눈앞으로 다가왔다. 기차가 요코스카 선의 여러 터널 가운데 첫 번째 터널로 들어선 것이다.

하지만 전등 빛 아래에서 아무리 신문을 훑어봐도 우울한 내 마음을 달래줄 만한 기사는 보이지 않았다. 강화 문제, 신랑 신부, 뇌물 사건, 부고. 세상은 너무나 평범한 사건들로 가득했다. 터널에 들어선 순간 기차의 방향이 거꾸로 바뀐 것 같은 착각 속에서 나는 삭막한 기사들을 기계적으로 대충 훑어보았다. 그러면서도 비속한 현실을 인간의 형상으로 그대로 옮겨 놓은 듯한 모습으로 내 앞에 앉아 있는 계집아이를 줄곧 의식하지 않을 수 없었다. 터널 안의 기차와 시골뜨기 계집아이, 그리고 평범한 기사로 채워진 신문. 이게 바로 인생을 상징하는 게 아닐까. 이해할 수 없는 저속하고 따분한 인생의 상징이 아니고 무엇이란 말인가. 나는 모든 게 시시해져 읽던 신문을 내팽개치고는 다시 창틀에 머리를 기댄 채 죽은 듯이 눈을 감고 꾸벅꾸벅 졸기 시작했다.

시간이 얼마나 지났을까. 인기척에 놀라 문득 주위를 둘러보니 맞은편에 있던 계집아이가 어느새 내 옆으로 건너와 창문을 열려고 안간힘을 쓰고 있었다. 그러나 무거운 유리문은 생각만큼 쉽사리 열리지 않았다. 트고 갈라진 뺨은 점점 더 벌게지고 숨을 헐떡이며 콧물을 훌쩍거리는 소리도 조급해졌다. 물론 이 광경은 어느 정도 나의 동정심을 일으킬 만했다. 하지만 그땐 이미 어스름이 깔린 가운데 마른 풀로 뒤덮인 산등성이가 석양빛을 환히 받으며 창가로 바싹 다가와 있었다. 기차가 터널 입구로 막 접어들고 있었던 것이다. 그런데도 닫혀 있는 창문을 굳이 왜 열려는 건지 이해할 수 없었다. 아니 이 계집아이가 버릇이 없기 때문이라고 생각할 수밖에 없었다. 여전히 기분이 언짢았던 나는 동상 걸린 손으로 유리창을 열려고 애쓰는 모습을 마치 그것이 영원히 성공하지 않길 바라기라도 하는 듯 냉정하게 지켜보고 있었다. 그때 기차가 엄청난 굉음과 함께 터널 속으로 밀려들어갔고 동시에 계집아이가 기를 쓰고 열려던 창문이 쾅 열렸다. 그리고 네모난 구멍에서 검댕을 녹인 듯한 거무충충

한 연기가 기차 안으로 확 쏟아져 들어왔다. 원래 목이 좋지 않던 나는 손수건으로 얼굴을 가릴 틈도 없이 연기를 뒤집어쓰는 바람에 숨도 못 쉴 정도로 콜록거려야 했다. 하지만 그 아이는 나에게 전혀 신경을 쓰지 않았다. 창밖으로 고개를 내밀고는 어두운 터널 속에서 귀밑머리를 나풀거리며 기차가 나아가는 방향을 꼼짝 않고 바라보고 있을 뿐이었다. 매연과 전등 불빛 속에서 그 모습을 쳐다보고 있는데 갑자기 창밖이 환해졌다. 흙냄새며 마른풀 냄새, 물 냄새가 서늘하게 흘러들어오지 않았다면 겨우 기침이 멎은 나는 생판 모르는 이 계집아이를 마구 야단쳐서라도 창문을 다시 닫게 했을 것이다.

이때 기차는 이미 터널을 미끄러지듯 가볍게 빠져나가 어느 산골짜기 가난한 마을의 건널목을 지나고 있었다. 주변에는 초라한 초가지붕과 기와지붕이 다닥다닥 너저분하게 들어차 있었다. 건널목을 지키는 사람이 흔드는 건지 희끄무레한 깃발 하나가 어스름한 저녁 빛을 나른하게 흔들고 있었다. 드디어 터널을 빠져나왔나 싶던 그때 쓸쓸해 보이는 건널목 울타리 너머로 볼이 빨간 남자아이 셋이 조르르 늘어서 있는 것이 눈에 들어왔다. 아이들은 흐린 하늘에 짓눌려 움츠러들었나 싶을 정도로 하나같이 키가 작았다. 그리고 이 마을의 을씨년스러운 분위기와 어울리는 빛깔의 옷을 입고 있었다. 기차가 지나가는 걸 올려다보던 아이들은 손을 번쩍 치켜들고 애처롭게 고개를 한껏 젖히고는 뜻 모를 함성을 목청껏 질러댔다. 그 순간이었다. 창밖으로 몸을 반쯤 내밀고 있던 계집아이가 동상 걸린 손을 쭉 뻗어 힘차게 흔드는가 싶던 바로 그때, 가슴을 설레게 할 만큼 따스한 햇살에 물든 밀감 대여섯 개가 기차를 지켜보던 아이들 머리 위로 흩어져 내렸다. 나도 모르게 숨을 죽였다. 그 순간 모든 것을 깨달았다. 여자아이는 아마도 남의집살이를 떠나며 품속에 고이 간직하고 있던 밀감 몇 개를 창밖으로 던져 건널목까지 배웅 나온 동생들에게 고마움을 전한 것이다.

해질 무렵 어스름한 변두리 마을의 건널목과 작은 새처럼 소리를 질러대는 아이들, 그리고 그 위로 흩어져 내리는 선명한 빛깔의 밀감. 그 광경은 순식간에 창밖으로 지나가 버렸지만 내 마음속에는 애달프리만치 또렷이 새겨졌다. 그리고 뭔지 모를 쾌활한 감정이 용솟음치는 걸 느꼈다. 나는 만족스러운 표정으로 마치 전혀 다른 사람을 쳐다보듯이 여자아이를 주시하였다. 어느새 앞자리로 돌아간 아이는 여전히 트고 갈라진 뺨을 연두색 털목도리로 감싼 채 큼지막한 보따리를 그러안고는 삼등칸 열차표를 꼭 쥐고 있었다.

나는 그제야 비로소 이루 말할 수 없는 피로와 권태, 그리고 이해할 수 없는 저속하고 따분한 인생을 겨우 잊을 수 있었다.

아버지

●●●

아쿠타가와 류노스케

내가 중학교 4학년 때의 일이다.

그해 가을 닛코에서 아시오까지 3박 4일 일정으로 수학여행을 떠날 예정이었다. 학교에서 나눠준 등사판 인쇄물에는 '오전 6시 30분 우에노 역 집합, 6시 50분 출발……'이라고 적혀 있었다.

그날 나는 아침밥도 제대로 먹지 않고 서둘러 집을 나섰다. 역까지 전차로 20분도 채 안 걸리는데도 왠지 마음이 조급해졌다. 정거장의 붉은 기둥 앞에 서서 전차를 기다리는 동안에도 초조한 기색을 감출 수 없었다.

아침부터 하늘이 잔뜩 찌푸려 있었다. 잿빛 수증기가 공장에서 울려대는 사이렌의 진동에 못 이겨 부르르 몸을 떨기라도 하면 그대로 안개비가 되어 내릴 것만 같았다. 스산한 하늘 아래 고가 철도로 기차가 지나갔다. 피복 창고를 드나드는 짐마차가 지나갔다. 가게 문이 하나씩 열렸다. 정거장에도 이제 승객이 두세 명 서 있었다. 다들 잠이 덜 깬 듯한 어두운 표정이었다. 날씨가 꽤 추웠다. 정거장으로 할인 전차가 들어왔다.

붐비는 전차 안에서 간신히 손잡이를 붙잡고 서 있는데 뒤에서 누가 어깨를 툭 치는 바람에 깜짝 놀라 뒤돌아보았다.

"나야."

노세 이소오였다. 나와 똑같은 감색 모직 교복에 외투를 말아 왼쪽 어깨에 걸친 그는 마로 된 각반을 차고 허리엔 도시락 꾸러미와 물통을 매달고 있었다.

노세는 같은 초등학교를 나온 동급생이다. 딱히 공부를 잘하는 건 아니었지만 못하는 편도 아니었다. 하지만 잡기에 능해서 유행가 같은 건 한 번 들으면 금방 외워버린다. 수학여행에서 밤에 아이들이 모이면 한시 읊기와 비파, 만담, 야담, 성대모사와 마술 같은 재주를 자랑스럽게 보여주곤 했다. 게다가 표정이나 동작으로 남을 웃기는 데는 남다른 재주가 있었다. 그래서 반 애들에게 인기가 있었고 선생님들 사이에서도 평이 나쁘지 않았다. 서로 알고 지내긴 했지만 그렇게 친한 사이는 아니었다.

"일찍 왔네."

"나야 항상 일찍 오지."

노세는 이렇게 말하며 우쭐댔다.

"저번엔 지각했잖아."

"저번에? 언제?"

"국어 시간에."

"아, 바바한테 혼났을 때? 원숭이도 뭐 나무에서 떨어질 때가 있는 법이니까."

노세는 선생님의 이름을 함부로 부르는 버릇이 있었다.

"나도 그 선생님한테 혼났어."

"지각해서?"

"아니, 책을 안 가져와서."

"은단이 좀 유난스럽긴 하지."

'은단'은 노세가 바바 선생님에게 붙인 별명이다. 이야기를 하다 보니 역 앞에 도착했다.

전차를 탈 때와 마찬가지로 사람들을 헤집고 간신히 내려 역 안으로 들어갔더니 아직 이른 시간이라 반 애들은 몇 명밖에 와있지 않았다. 인사를 나누고 서로 먼저 대합실 의자에 앉으려고 경쟁했다.

그리고 평소처럼 신나게 떠들기 시작했다. 한창 자기가 잘났다고 거들먹거리며 우쭐댈 나이였다. 수학여행에서 예상되는 일이며 학생들 뒷담화에 선생님 험담까지 끊임없이 쏟아졌다.

"이즈미 말야. 너무 간사하지 않냐. 교사지도서만 믿고 수업 준비 같은 건 해본 적이 없대."

"히라노가 더 간사해. 시험 때마다 역사 연도를 손톱에다 써 온대잖아."

"그러고 보면 선생들도 약아빠졌다니까."

"맞아, 맞아. 혼마는 리시브(receive)의 i와 e 중에서 어느 게 먼저인지도 모르면서 지도서로 대충 때우고 넘어가잖아."

하나같이 남을 헐뜯는 얘기뿐이었다. 그러는 사이에 노세는 옆쪽에서 신문을 읽고 있는 직공인 듯한 남자의 신발을 보더니 '빼꼼레이'라고 놀렸다. 당시에 '매킨레이'라는 최신형 신발이 유행했는데 그 남자의 신발은 광택이 전혀 없는데다 앞코가 빼꼼히 벌어져 있었던 것이다.

"빼꼼레이. 딱이네."라는 말에 일제히 웃음을 터뜨렸다.

우쭐해진 우리는 대합실을 오가는 사람들 가운데 놀

려먹을 상대를 물색했다. 그리고 마치 '내가 바로 도쿄의 중학생이다.'라고 과시라도 하듯 주제 넘는 험담을 해대기 시작했다. 다들 이런 장난에는 둘째가라면 서러울 정도였다. 그중에서도 특히 노세의 비유가 가장 신랄하고 재미있었다.

"노세, 노세, 저 아줌마 좀 봐."

"저건 뱃속에 알이 빵빵한 복어 얼굴이네."

"이쪽 빨간 모자 짐꾼도 누굴 닮았는데. 그치? 노세."

"그건 말이지. 카를로스 5세야."

나중에는 노세 혼자 험담하는 역할을 떠맡게 되었다.

그때 한 친구가 기차 시간표 앞에서 숫자를 들여다보고 있는 특이한 옷차림의 남자를 발견했다. 그는 빛바랜 검은 양복에 회색 줄무늬 바지를 입고 있었는데 운동할 때나 쓰는 장대를 바지에 끼워 넣었나 싶을 정도로 다리가 가늘었다. 챙 넓은 구식 검은 중절모 아래로 반백의 머리칼이 삐져나온 걸로 봐서 꽤 연배가 있어 보였다. 목에는 흰색과 검은색의 화려한 체크무늬 손수건을 두르고 회초리처럼 보이는 긴 대나무 지팡이를 겨드랑이에 끼고 있었다. 차림새로 보나 태도로 보나 풍자 잡지의 삽화를 오려내서 북적이는 사람들 속에 그대로 세워 놓은 것 같았다. 그 친구는 새로운 놀림감이 나타나 반갑다는 듯이 킥킥대며 노세의 손을 잡아당겼다.

"야, 저건 어때?"

우리 모두 기묘한 그 남자를 쳐다보았다. 남자는 몸을 살짝 젖혀 조끼 주머니에서 보라색 줄이 달린 큼직한 니켈 회중시계를 꺼내더니 열차 시간표와 꼼꼼히 비교하고 있었다. 나는 그 옆모습만 보고도 노세의 아버지라는 걸 한눈에 알아보았다.

하지만 거기에 있던 아이들은 아무도 그 사실을 몰랐기 때문에 우스꽝스러운 차림의 남자에게 딱 들어맞는 비유가 노세의 입에서 흘러나오기를 기다렸다. 다들 웃음 터뜨릴 준비를 하면서 기대에 찬 표정으로 노세의 얼굴을 쳐다보고 있었던 것이다. 겨우 중학교 4학년이었던 나에겐 노세의 기분이 어떨지 헤아릴 만한 통찰력은 없었다. 하마터면 "저 사람은 노세 아버지야."라고 말할 뻔했다.

그런데 그때 "저거? 런던 거지야."라는 노세의 목소리가 들렸다. 일제히 웃음을 터뜨린 건 말할 필요도 없다. 몸을 젖히고 회중시계를 꺼내는 노세 아버지의 행동을 그대로 따라하는 녀석도 있었다. 나는 고개를 푹 숙였다.

그 순간 도저히 노세의 얼굴을 쳐다볼 용기가 나지 않았던 것이다.

"그거 완전 딱이네."

"저기 저 모자 좀 봐."

"골동품 가게에서 샀나 봐."

"저런 건 골동품 가게에도 없겠다."

"그럼 박물관이겠네."

모두가 재미있다는 듯 낄낄거렸다.

흐린 날씨 탓에 기차역은 해 질 녘처럼 어둑어둑했다. 나는 어스름이 감도는 가운데 런던 거지를 슬쩍 쳐다보았다.

그때였다. 하늘이 개는가 싶더니 천정의 들창에서 희미한 빛줄기가 비스듬히 비쳐들기 시작했다. 노세의 아버지는 마침 그 빛을 조명처럼 받고 있었다. 눈이 닿는 곳이건 닿지 않는 곳이건 그를 둘러싼 모든 물체가 움직이고 있었다. 그 움직임은 온갖 소리를 한데 뒤섞으며 커다란 건물 내부를 안개처럼 감싸고 있었다. 하지만 노세의 아버지만 움직이지 않았다. 현대적인 모습과 거리가 먼 노인은 시대와 조화를 이루지 못하고 빠르게 움직이는 사람들의 홍수 속에 멈춰 있었다. 시대에 뒤떨어진 검

은 중절모를 젖혀 쓰고 오른손에 보라색 끈이 달린 회중
시계를 들고 시간표 앞에 그대로 붙박인 채로 멈춰서 있
는 것이다.

　나중에 넌지시 물어봤더니 그 무렵 대학교 약국에 근
무하던 노세의 아버지는 그날 친구들과 수학여행 떠나
는 아들을 보려고 출근길에 몰래 들른 것이라고 했다.
　노세 이소오는 중학교를 졸업하고 얼마 지나지 않아
폐결핵으로 세상을 떠났다. 중학교 도서실에서 추도식
이 열렸을 때 나는 학생모를 쓴 노세의 사진 앞에서 추도
문을 읽었다. "노세는 효성이 지극한 아들이었고." 나는
추도문에 이런 문구를 넣었다.

●●●○

아쿠타가와 류노스케

(芥川竜之介 1892~1927)

1892년 도쿄에서 출생한 아쿠타가와 류노스케는 14년의 창작활동 기간에 동서고금을 넘나드는 다양한 소재로 많은 단편소설을 남겼으며 현재까지도 일본 최고의 작가로 손꼽힌다. 도쿄제국대학 영문과 재학 중이던 1914년 단편 「노년」으로 데뷔하였으나 문단의 관심을 받지 못했다. 무명의 문학청년 아쿠타가와는 1916년 발표한 「코」가 나쓰메 소세키의 격찬을 받으면서 다이쇼 문단에서 활약하게 된다. 「라쇼몽」, 「참마죽」, 「지옥변」, 「덤불 속」 등 일본의 고전에서 소재를 가져와 새롭게 해석한 걸작으로 호평을 받았으며, 그의 작품에는 인간의 내면에 대한 깊은 응시와 날카로운 현실 풍자가 담겨 있다. '그저 막연한 불안'을 이유로 35년의 짧은 생을 스스로 마감한 아쿠타가와의 죽음은 시대적 불안과 다이쇼 문학의 종언으로 받아들여지면서 당시 일본 사회에 큰 충격을 주었다. 그가 떠나고 8년 후인 1935년에 친구였던 기쿠치 칸은 아쿠타가와의 업적을 기려 '아쿠타가와상'을 제정하였고 일본의 뛰어난 신인 작가에게 주는 이 상은 현재 일본 최고 권위의 순수 문학상으로 인정받고 있다.

밀감

1919년 5월 ≪신초≫에 '내가 만난 일'이라는 제목으로 「늪지」와 함께 발표된 「밀감」은 작가의 체험을 바탕으로 쓴 작품으로 보인다. '작가의 인간적인 마음이 따뜻하게 전해지는 작품'이며 '음울한 풍경을 뒤로 한 밝은 스케치'라는 당시의 평가에서도 알 수 있듯이 서양 회화에도 관심이 많았던 아쿠타가와는 단편의 귀재답게 뛰어난 표현력을 발휘하여 스토리 구성에 찰나적 감동을 일으키는 회화적 장면을 설정하고 있다. 「밀감」은 시각적 요소가 두드러지는 작품이다. 주인공의 시선에 포착된 풍경과 사물은 한결같이 우울한 잿빛으로 채색되어 있다. 흐린 겨울날 해질 무렵의 인적이 드문 기차역과 을씨년스러운 변두리 산골 마을이라는 외부의 풍경뿐만 아니라

기차 안 주인공의 심상 풍경마저 피로와 권태로 잔뜩 찌푸려 있다. 그리고 이 기분은 기차 안에서 만난 여자아이의 볼품없는 행색과 터널 안에서 창문을 여는 이해할 수 없는 행동으로 절정에 달한다.

소설에는 주인공의 피로와 권태가 어디에서 기인하는지 구체적으로 언급되어 있지 않다. 그러나 이 작품이 발표된 1919년이 요코스카 해군기관학교에서 영어를 가르치던 아쿠타가와가 창작에 전념하고자 오사카마이니치 신문사에 입사하여 새로운 출발을 시도한 해였고, 작품의 무대가 요코스카선 기차라는 사실을 통해 당시 교사와 작가라는 이중생활의 정신적 피로와 고뇌가 반영되었을 것으로 추측된다.

여자아이가 품속에 고이 간직했던 밀감을 배웅 나온 어린 동생들을 향해 힘껏 던지는 광경은 이제까지 일관되던 어두운 무채색 톤을 밝게 전환시킨다. 따뜻한 햇살에 물든 밀감의 빛깔은 음울한 배경 속에 한 폭의 서정적인 그림을 만들어내며 주인공의 내면에 벅찬 감동을 일으킨다. 그 감동은 따뜻한 인간미에 대한 자각이자 편견의 시선으로 세상을 바라보던 오만했던 자신에 대한 반성이라고 할 수 있다. 남의집살이를 떠나는 척박한 현실

속에서도 주변의 시선에 아랑곳 않고 꿋꿋하게 자신의 삶을 살아가는 아이는 피로와 권태를 가중시키는 불편한 존재에서 주인공의 감정을 정화시키며 이해할 수 없는 저속하고 따분한 인생을 잊게 만드는 존재로 새롭게 다가온다. 작가는 인생의 어둠 속에 숨겨진 밝음을 얘기하고 싶었던 게 아닐까.

아버지

1916년 5월 ≪신시초≫에 발표된 「아버지」는 중학교 시절을 회상하는 형식으로 전개된다. 아쿠타가와의 대표작들에 비해 상대적으로 덜 알려졌지만 '시간'에 대한 인식이 응축되어 있는 매우 인상적인 단편이다. 중심인물인 잡기에 능하고 남을 웃기는데 특별한 재주를 지닌 노세는 실존 인물이며 작가의 체험이 반영된 작품으로 보인다.

수학여행 떠나는 날 아침, 출발지에 모인 중학생들이 설렘과 기대 속에 신나게 떠드는 시끌벅적한 광경이 눈앞에 그려진다. 세상에서 자기가 제일 잘났다고 여기며 한창 우쭐거릴 시기의 학생들이 대합실을 오가는 어른들의 모습을 희화화하고 비웃는 놀이에 한창이던 그때

예기치 않은 사건이 발생한다. 풍자 잡지의 삽화에나 등장할 것 같은 특이한 차림의 중년 남자가 그들의 시선에 포착된 것이다. 그 사람이 출근길에 수학여행 떠나는 아들의 모습을 지켜보려고 역에 들른 노세의 아버지인 줄도 모르고 노세의 신랄한 비유를 기대하는 친구들, 그리고 자신의 아버지를 우스꽝스러운 존재로 만들어야 하는 난처한 상황에 놓인 노세. 긴장감이 돌던 그 순간 노세가 내뱉은 '런던 거지'라는 말은 아이들이 배꼽을 잡게 만드는 데는 성공하지만 왠지 서글픈 느낌을 준다. 아들의 시간을 공유하지 못하는 고독한 아버지의 모습을 보는 듯해서일까.

아이들의 눈에 비친 노세 아버지의 모습은 골동품이나 박물관에 비유될 만큼 시대에 뒤떨어져 있다. 모든 물체가 빠르게 움직이고 있는 가운데 아버지는 시간표 앞에 멈춰 서 있다. 무대의 조명 같은 한줄기 빛 속에 홀로 시간이 정지된 아버지의 손에는 시계가 들려 있다. 아들의 시간과 단절된 아버지의 시간을 상징하는 듯하다. "노세는 효성이 지극한 아들이었고."라는 추도 문구는 화자의 심정을 이중적으로 드러낸다. 이 짧은 문구는 그때의 사건에 가담했던 한 사람으로서 노세의 입장을 변호하는 것으로도, 어린 아들을 가슴에 묻어야 하는 아버지의 입장을 배려한 위로의 글로도 읽을 수 있다. 아버지와 아들의 엇갈리는 시간을 통해 세대 간의 문제를 다룬 「아버지」는 아쿠타가와 특유의 예리함이 엿보이는 작품이다.

안영신

가지이 모토지로

번역 박은정

레몬

●●●

가지이 모토지로

　이유를 알 수 없는 불길한 뭔가가 계속 날 짓누르고 있었다. 초조함인지 혐오스러움인지 분간조차 할 수 없는 그런 기분이었다. 술을 마시면 으레 숙취가 뒤따르듯이 매일같이 술을 마시면 그에 따른 숙취가 한동안 지속된다. 그게 찾아온 것이다. 견디기 힘들었다. 나를 힘들게 하는 건 폐첨 카타르*폐결핵 초기 증상 나 신경쇠약이 아니다. 속이 타들어 갈 것 같은 빚더미 때문도 아니었다. 불길한 그 뭔가가 문제였다. 좋아했던 음악이나 아름다운 시 구절도 이젠 지겨웠다. 축음기를 들으려고 외출했지만 처음 몇 소절만 듣고는 그만 일어나야지 싶어졌다. 왠지 그냥 가만히 앉아 있을 수 없었다. 그래서 하루 종일 거리를 헤매고 다녔다.

그 무렵 나는 하찮아 보이지만 아름다운 것에 마음이 끌렸던 것 같다. 풍경으로 말하자면 허물어진 거리 같은 건데, 낯선 큰길보다는 어딘가 정겨움이 묻어나는 뒷골목이 좋았다. 더러운 빨래가 널려 있고 잡동사니가 나뒹굴고 지저분한 방이 들여다보이는 그런 곳 말이다. 비바람에 퇴색되어 결국 흙으로 돌아가 버리는 그런 정취가 배어 있는 거리, 무너진 담과 다 쓰러져 가는 집들 사이에서 생생하게 빛을 발하는 건 식물들뿐이었다. 그러다 간혹 해바라기가 눈에 띄거나 칸나가 피어 있는 것을 보면 깜짝 놀라곤 했다.

나는 길을 걷다가 불현듯 여기가 교토가 아니라 교토에서 몇백 리 떨어진 센다이나 나가사키 같은 도시라는 착각 속에 빠져들고 싶었다. 할 수만 있다면 교토에서 탈출하여 아는 사람 하나 없는 곳으로 떠나고 싶었다. 일단 조용하고 편안한 곳이어야 한다. 널찍한 여관방, 깨끗한 이불, 괜찮은 냄새가 나는 모기장과 빳빳하게 풀을 먹인 유카타. 거기서 한 달 동안 아무 생각 없이 편하게 지내고 싶었다. 지금 내가 그런 곳에 있다면 얼마나 좋을까! 이런 착각 속에 빠지는 데 성공하면 그때부터 나는 상상의 덧칠을 하기 시작한다. 보잘것없는 내 상상과 황폐한 거리가 오버랩되면 현실 속의 나는 어디론가 사라져 버리는데 나는 그런 순간을 즐겼다.

나는 폭죽을 좋아했다. 폭죽 그 자체보다는 싸구려 물감으로 칠한 빨강, 보라, 노랑, 파랑 등 온갖 줄무늬의 폭죽다발이 좋았다. 호시구다리, 하나갓센, 가레 스스키. 그리고 네즈미 하나비 등의 폭죽들이 한 덩어리씩 묶인 채 상자 안에 있는 걸 보면 이상하게 마음이 설레었다.

그리고 또 하나, 비드리오라는 색유리로 만든 물고기, 동그랗고 납작한 꽃 모양의 구슬 오하지키와 구멍이 뚫린 비즈 낭킨다마를 좋아했다. 그걸 입안에 넣고 굴리는 게 더할 나위 없는 즐거움이었다. 비드리오처럼 아련한 청량감을 맛볼 수 있는 게 또 어디 있을까? 어릴 적 그걸 자꾸 입에 넣어 부모님께 야단을 맞곤 했다. 그런데 그 시절의 달콤한 기억이 비참한 어른이 된 지금 되살아난 걸까? 그 아련한 청량감이 아름다운 시처럼 입안에 감돌았다.

짐작하겠지만 나는 돈이라곤 한 푼도 없는 사람이다. 하지만 어린 시절의 추억을 떠올리다가 울컥해지면 스스로를 위로하기 위해 약간의 사치를 부릴 필요가 있었다. 고작해야 2전이나 3전짜리 사치였지만 무기력해진 나의 감각을 일깨우러 다가오는 아름다운 것들로부터 자연스럽게 위로를 받곤 했다.

삶이 그리 궁핍하지는 않았던 시절, 나는 마루젠에 자주 갔었다. 빨간색, 노란색의 향수 오드 코롱과 오드 키닌. 근사한 유리세공이나 우아한 로코코 풍의 올록볼록한 호박색 혹은 비취색 향수병. 담뱃대, 단도, 비누, 담배. 나는 이런 것들을 보면서 적어도 한 시간 이상은 보냈던 것 같다. 그러다가 제일 좋은 연필 한 자루 집어 드는 게 기껏해야 내가 부릴 수 있는 사치였다. 하지만 그 시절 마루젠도 나에게는 울적한 장소에 지나지 않았다. 서적이나 학생들, 카운터, 이런 주변의 것들이 죄다 나에게 빚을 독촉하는 환영으로 다가왔다.

그 무렵 나는 친구들의 하숙집을 전전하며 지냈다. 어느 날 친구들이 다 나가 버리고 공허함 속에 홀로 덩그러니 남겨지자 나는 밖으로 나가 거리를 떠돌아다녔다. 뭔가가 나를 내쫓은 것이다. 쫓기듯이 거리에서 거리로 떠돌던 나는 뒷골목을 걷다가 막과자 가게 앞에 멈춰서기도 하고 건어물 가게의 마른 새우나 대구포, 유바를 구경하기도 했다. 데라마치에서 니조 쪽으로 가다가 과일가게 앞에서 발을 멈췄다. 여기서 잠시 과일가게에 대해 얘기해 볼까 한다. 그 가게는 내가 가장 좋아하는 곳이다. 아주 고급스러운 가게는 아니었지만 과일가게 특유의 아름다움이 그대로 살아있는 곳이다. 과일이 진열된 비스듬한 매대는 오래된 검은 칠기로 만든 것이다. 화려하고 아름다운 알레그로의 음악이 마치 고르곤의 저주로 굳어진 것 같은 색채와 볼륨으로 과일들이 진열되어 있었다. 안쪽으로 들어갈수록 청과물이 수북이 쌓여있었다. 그곳에서는 심지어 당근의 이파리마저 아름답고 멋졌다. 그리고 물에 담겨있는 콩이라든지 쇠기나물도.

가게는 밤이 되면 더욱 아름다웠다. 데라마치는 번화한 곳이라서 수많은 쇼윈도 불빛이 거리로 쏟아지고 있었다. 물론 도쿄나 오사카보다는 훨씬 깨끗했다. 그런데 어찌된 일인지 그 가게 주변만 이상하게 어두웠다. 니조도오리와 맞닿은 길목이라 원래부터 어둡긴 했지만 바로 옆이 번화한 데라마치인데 왜 그렇게 어두운지 모르겠다. 하지만 그 가게가 어둡지 않았더라면 그렇게 나를 유혹하지는 못했을 것이다. 그리고 그 집의 툭 튀어나온 차양은 마치 깊이 눌러쓴 모자의 챙 같았다. '가게가 모자를 깊숙이 내려쓴 것 같군.' 하는 생각이 들 정도로 차양 위는 깜깜했다. 그렇게 사방이 어두웠기 때문에 가게는 소나기처럼 쏟아지는 현란한 불빛을 오롯이 받으며 홀로 아름답게 빛났다. 가늘고 긴 나선형 띠 모양의 전구 불빛이 눈부시게 쏟아져 내리는 길가에서, 혹은 바로 옆 건물 2층 카페 창문을 통해서 바라보는 이 과일가게만큼 그 시절의 나를 설레게 했던 곳도 없을 것이다.

그날 나는 여느 때와는 달리 가게 안으로 들어갔다. 평소에 볼 수 없었던 레몬이 거기에 있었기 때문이다. 레몬이야 어디서든 볼 수 있다. 하지만 초라하다고까지는 할 수 없지만 평범한 그 가게에서 레몬을 본 적은 없었다. 나는 예전부터 레몬을 좋아했다. 투명한 노란색 물감을 칠한 것 같은 단순한 색상도 좋았고 꽉 찬 방추형 모양도 마음에 들었다. 결국 그걸 하나 사기로 마음먹었다. 그리고 어디를 얼마나 걸었을까? 나는 한참을 돌아다녔다. 온종일 마음을 짓누르던 불길한 기운이 레몬을 손에 쥔 순간 조금이나마 사라진 것 같아 돌아다니면서 무척 행복했다. 그렇게 집요하게 나를 괴롭히던 우울감이 이런 사소한 거 하나로 사라졌다는 건 다시 말해 불길한 뭔가가 진짜 존재했었다는 말이 된다. 정말이지 마음이란 놈이 얼마나 신기한지 모르겠다.

레몬의 시원한 느낌이 비할 바 없이 좋았다. 그 무렵 나는 폐결핵이 악화되어 열이 계속 올랐다. 가끔 내 몸의 열이 어느 정도인지 확인하려고 친구들의 손을 잡아 보면 내 손이 가장 뜨거웠다. 열 때문이었을 것이다. 레몬을 손에 쥐면 시원한 감촉이 손바닥에서 온몸으로 스며드는 것 같아 기분이 좋아졌다.

나는 레몬을 코에 대고 몇 번이나 냄새를 맡아보았다. 레몬의 산지 캘리포니아가 머릿속에 그려졌다. 한문 시간에 배운 '매감자지언(売柑者之言)'이라는 말에서 '코를 찌른다'는 표현이 떠올랐다. 나는 가슴 속 깊이 레몬의 향기를 들이마셨다. 깊은 호흡을 한 적이 없던 내 몸과 얼굴에 생기가 돌며 온몸이 잠에서 깨어나는 것 같았다.

나는 아주 오래전부터 이렇게 단순하고 시원한 것, 이런 촉감과 향기, 이런 모양을 찾고 있었던 것처럼 마냥 기분이 좋았다. 그리고 그게 너무 신기했다. 그때는 그랬다.

나는 살짝 흥분한 상태였다. 멋지게 차려입고 거리를 활보하는 시인처럼 뿌듯한 마음으로 걷고 있었다. 더러워진 손수건에 레몬을 올려보고 망토 위에 대보기도 하면서 색이 어떻게 비치는지 살펴보기도 했다. 그리고 생각했다.

'그래, 바로 이 무게다.'

무게에 대해서는 이제껏 생각도 못했었다. 의심할 여지없이 이 무게는 세상의 모든 선하고 아름다운 것을 중량으로 환산한 무게일 것이다. 너무 들떠서 그런 쓸데없는 생각까지 하게 되었지만 아무튼 나는 행복했다.

어디를 얼마나 걸었는지 모르겠다. 내가 멈춰 선 곳은 마루젠 바로 앞이었다. 평소엔 그토록 피해왔던 마루젠이었지만 그날만큼은 가벼운 마음으로 들어갈 수 있을 것만 같았다.

'그래, 한번 들어가 볼까?'

나는 성큼성큼 안으로 들어갔다.

하지만 그 순간 어찌 된 일인지 충만했던 행복감이 가슴 속에서 점점 빠져나갔다. 향수병도 담뱃대도 내 마음을 사로잡지는 못했다. 우울함이 차오르는 건 아마 오늘 너무 돌아다녀 피곤해진 탓이라고 생각했다. 미술책들이 꽂혀있는 책장 앞으로 걸어갔다. 평소와는 달리 두툼한 책을 꺼내는 것조차 힘이 들었다. 한 권씩 꺼내서 펼쳐 봤지만 내 마음을 사로잡지는 못했다. 무언가에 홀린 것처럼 또 다른 책을 꺼내들었지만 그것도 마찬가지였다. 페이지를 다 넘겨봐야 직성이 풀리는 성격인데 더 이상 넘기기가 힘들어 책을 그냥 그 자리에 놔두었다. 원래 자리에 갖다 놓을 힘조차 없었다. 나는 몇 번이나 그런 짓을 반복했다. 결국 평소에 좋아했던 앵그르*19세기 프랑스의 화가의 두꺼운 오렌지색 책마저도 아무데나 놓고 말았다.

'저주를 받은 건가?'

손에 피로감이 남아있었다. 나는 우울한 마음으로 쌓아 놓은 책들을 그저 바라보고만 있었다.

예전엔 그토록 나를 매료시켰던 책들인데 왜 이런 걸까? 한 장 한 장 자세히 들여다보며 책 속에 깊이 빠져 있다가 고개를 들고 문득 주위를 둘러봤을 때 눈에 들어오는 평범한 모습들이 이질적으로 느껴지곤 했다. 그리고 그런 기분을 은근히 즐겼다.

'아! 맞다.'

순간 나는 소맷자락 속에 넣어둔 레몬이 생각났다. 책의 색깔은 아예 무시하고 아무렇게나 책을 쌓아 올린 다음 레몬을 한번 올려 보면 어떨까?

'그래.'

나는 아까 느꼈던 가벼운 흥분상태로 다시 돌아왔다. 손에 닿는 대로 책을 쌓아 올렸다가 금세 무너트리고 다시 쌓아 올렸다. 책장에서 책을 더 꺼내와 쌓아 올렸다가 치우기도 했다. 그럴 때마다 그것은 마치 기괴하고 환상적인 성처럼 빨갛게 혹은 파랗게 바뀌었다.

간신히 성이 완성되었다. 설레는 마음을 억누르고 성벽 꼭대기에 조심스럽게 레몬을 올려놓았다. 마침내 근사한 성이 만들어진 것이다.

레몬은 복잡한 색의 농도를 방추형 몸속으로 조용히 흡수하며 산뜻하게 피어났다. 뽀얀 먼지로 덮인 마루젠의 공기가 신기하게도 레몬 주변에서만은 긴장하고 있는 듯한 기분이 들었다. 나는 잠시 그것을 바라보았다.

그때 또 다른 아이디어가 번뜩 떠올랐다. 섬뜩하리만치 황당한 생각이었다.

'레몬을 저기 올려둔 채 그냥 밖으로 나가면 어떨까?'

나는 이상하게 오글거렸다.

'그래, 그래야겠다!'

나는 터벅터벅 밖으로 걸어 나갔다.

거리로 나서자 이상하게 오글거렸던 기분이 나를 미소 짓게 만들었다. 나는 마루젠의 책장 위에 황금빛의 무시무시한 폭탄을 설치하고 나온 기괴한 악당이 된 것이다. 10분 뒤 마루젠의 미술책들을 중심으로 대폭발이 일어난다면 얼마나 재미있을까?

나는 그런 상상을 열심히 해봤다.

'그러면 거북했던 저 마루젠도 산산조각이 나겠지.'

나는 여기저기 극장 간판의 그림들이 이상야릇한 정취를 자아내는 교고쿠 쪽으로 발걸음을 옮겼다.

모순과 같은 진실

●●●

가지이 모토지로

"동생들한테 좀 잘해 주면 안 되겠니? 넌 왜 그 모양이니."

나는 부모님한테 이런 핀잔을 자주 듣곤 했다.

실제로 나는 동생들에게 상당히 퉁명스러웠다. 우리 집에서 동생들을 울린 건 항상 나였고 손찌검을 하는 경우도 종종 있었다. 그랬으니 부모님이 그런 말을 하는 것도 당연했다. 하지만 이런 방법 말고 어떻게 동생들을 대해야 할지 잘 몰랐다.

어쩌면 난 그들에게 폭군이었는지도 모른다. 아무튼 동생들은 내 말을 잘 듣는 편이었고 나와 동생들 사이에는 눈에 보이지 않는 일정한 거리가 나름 유지되고 있었다.

하지만 나는 가끔 그런 관계에서 벗어나는 행동을 했다. 그렇다, 사실 하지 말아야 할 짓을 한 적도 있었다.

3년 전쯤의 일이다. 아마 동생들이 열세 살, 열 살 무렵이었을 것이다.

어느 날 막냇동생이 집으로 들어오더니,

"이사무 형이 지금 밖에서 얻어맞고 있어."라고 했다.

무슨 얘긴지 자세히 들어보니 바로 아래 동생인 이사무가 자전거를 타고 가던 사람과 부딪쳤다는 것이다. 그러자 그 남자가 "이런, 멍청한 자식."이라며 이사무의 머리를 쥐어박았다고 했다.

나는 그 얘기를 듣고 욱해서 그 사람이 몇 살이냐고 물었더니 마흔 정도라고 했다. 그자를 자전거에서 확 끌어내려 마구 혼내주고 싶었다.

마음이 약한 동생은 대들지도 못하고 억울했을 게 분명했다. 그딴 녀석은 두들겨 패도 상관없을 것만 같았다. 점점 내 얼굴이 붉으락푸르락해졌다.

하지만 어머니의 반응은 달랐다. 이사무의 잘못도 있을 거라고 어른다운 말씀을 하셨다.

나는 그 말도 일리가 있다고 생각했지만 생판 모르는

어른이 열세 살짜리 아이를 때렸다는 사실을 도저히 받아들일 수 없었다.

"엄마는 도대체 누구 편이에요?"라며 어머니한테 대들었다. 너무 화가 나서 참을 수 없었던 것이다.

그때 당사자인 이사무가 풀이 죽어서 집에 들어왔다. 밖에서 울었는지 볼이 시커메져 있었다. 눈물이 그렁그렁한 모습을 보고 있자니 가엽기도 했지만 한편으로 기분이 더 나빠졌다.

내가 묻는 말에 대답하던 동생의 눈에 또다시 눈물이 고였다. 가만히 이야기를 듣고 있는데 문득 동생이 거짓말을 한다는 걸 깨달았다. 제멋대로 이야기를 꾸며내고 있는 것 같았다.

동생은 평소에도 자주 거짓말을 하곤 했는데 나는 그게 너무 못마땅했다.

사실 그때는 거짓말을 한다는 것 자체가 그냥 싫었다. 하지만 나를 더 화나게 만든 것은 동생 때문에 내 꼴이 우스워졌다는 사실이다.

솔직히 말하면 난 이래 봬도 동생처럼 어설픈 거짓말은 하지 않는다. 아주 그럴듯하게 허세를 부릴 줄도 안다. 물론 나의 비열한 모습, 추하고 나약한 모습을 감추기 위해 거짓말을 종종 하곤 했다.

　이런 내 모습이 진저리가 날 정도로 싫었다.

　그런데 동생의 어설픈 거짓말이 감추고 싶었던 나의 치부를 드러냈다. 그리고 그건 마치 내 모습을 풍자만화처럼 보기 흉하게 확대해서 보여주는 것 같아서 모욕감마저 들었다.

　그런 기분이 든 데는 동생이 나의 혈육이라는 사실도 크게 작용했다. 단순한 풍자만화가 아니라 그게 진짜 내 모습일지도 모른다고 생각했기 때문이다. 사람들이 "이사무는 거짓말쟁이야. 누가 형제 아니랄까 봐. 쟤네 형도 똑같아."라고 수군거릴까 봐 겁이 났다. 그때까지 사람들이 눈치채지 못했던 나의 모습을 동생 때문에 다른 사람들한테 들킬지도 모른다는 사실이 두려웠던 것이다.

　우리가 이렇게 비슷한 짓을 했던 가장 큰 이유는 형제인데다 오랫동안 함께 살았기 때문일 것이다. 그래서 나는 표정이나 말투만으로도 동생의 거짓말이 손바닥 들여다보듯 훤히 보였다. 마치 내가 그런 거짓말을 하는 것처럼 잘 알 수 있었다. 동생의 거짓말은 십중팔구 금세 들통이 났다.

　하지만 아무리 동생이라도 함부로 대하면 안 되는 건

데 나는 동생이 말하는 중간에 "그거 거짓말이지?"라며 말을 끊어 버렸다. 기분이 너무 상했고 화가 치밀어 올라 더 이상 동생의 말을 듣고 있을 수 없었던 것이다.

그리고 나는 도저히 참을 수 없으면 앞뒤 사정 가리지 않고 "으이그, 멍청한 자식! 또 거짓말."이라며 화를 내고 만다. 그래서 그날 나는 풀이 죽은 채 돌아온 동생에게 아주 심한 말을 퍼부었다.

"너 진짜 겁쟁이구나. 그래, 그렇게 가만히 있었다는 게 말이 돼? 왜 한 대도 못 때렸어!"

동생이 기가 죽어 뭔가 감추려고 하면 그냥 지켜보면 되는 건데 나는 동생의 비겁한 거짓말이 뻔히 들여다보이자 화가 나서 그만 쓸데없는 말을 해버렸다. 너무 속이 상했다.

"... 나도 돌멩이 던졌어......"

동생의 작은 목소리와 힘없는 표정이 거짓말을 했다는 증거였다.

아까부터 계속 기분이 안 좋았는데 불쾌감이 더해져 화가 폭발할 지경이었다. 그리고 치밀어 오르는 화를 배출할 곳을 찾다가 마침내 나는 "이 멍청한 자식!!"이라고 소리치며 폭발해 버렸다.

　그 일을 떠올리면 동생이 너무 불쌍했다. 진짜 그런 생각이 들었다. 동생은 그런 말이라도 하지 않으면 너무 억울하고 비참해서 견딜 수 없었을 것이다.
　그때 내가 그냥 믿어줬더라면 상처 입은 동생의 비참한 마음도 얼마간 위로가 되었을 텐데.
　그날을 다시 돌이켜 보면 동생이 불쌍해서 견딜 수 없다.
　내가 너무 못되게 굴었다는 생각이 든다.

＊　　　＊　　　＊

　3년 전의 그 일이 생각난 것은 오늘 집에 오는 길에 아이들이 싸우는 장면을 목격했기 때문이다. 아이들의 싸움을 보면서 이런저런 생각이 과거로 거슬러 올라가 예전의 그 기억과 맞닿은 것이었다.
　아이들의 싸움은 이랬다.
　나는 학교에서 구마노 신사 쪽으로 걷고 있었다.
　먹구름 사이로 내리쬐는 햇빛이 너무 강해 단조로운

길이 더 길게 느껴졌다. 얼굴과 목에서 끈적끈적한 땀이 배어나는데 손수건을 두고 온 것이다. 더러워진 옷소매로 닦을 수도 없어서 땀범벅이 된 채 걷고 있었다. 점심시간이 지나고 난 뒤였다. 길가에는 초등학생 네댓 명과 중학생 두세 명, 그리고 나뿐이었다. 먼지투성이 포플러 잎사귀는 미동조차 없었다.

처음에는 쟤들이 뭐하나 싶었는데 알고 봤더니 싸움이 난 것이다.

운동복 차림의 한 아이가 집으로 돌아가던 초등학생과 맞붙어서 싸우고 있었다. 중학생 두어 명이 싸움을 말리는 것 같았지만 열심히 뜯어말리지는 않았다.

걸으면서 보고 있자니 아무래도 운동복을 입은 아이가 힘이 더 쎈 거 같았고 상대 아이는 나약해 보였다.

운동복 입은 아이가 뭐라 소리치며 상대 아이의 정강이를 걸어찼다. 그러자 맞은 아이가 뺨을 쳤는데 그게 너무 약해서 때렸다고 할 수도 없을 정도였다. 공격이라기보다는 자존심을 지키기 위한 최소한의 방어 자세로 보였다. 아이는 때리면서도 속으로는 "이제, 그만 좀 해."라고 말하는 것 같았다.

상대방은 적극적이었고 독기가 가득했다. 약한 아이를 괴롭히는 게 분명했다.

순간 나는 어릴 적 경험한 무기력과 공포, 그리고 그렇게 괴롭힘을 당했던 내 모습이 떠올랐다.

벌겋게 달아오른 그 아이는 얼굴이 일그러져 있었다. 금방이라도 울 것 같은 표정이었다. 하지만 소극적이긴 해도 상대의 주먹을 한 대씩 되받아치고 있었다. 그 모습이 너무 애처로워 가만히 보고 있을 수 없었다. 그대로 내버려두면 안 될 것 같았다.

말려야겠다는 생각에 발걸음을 재촉했는데 그제야 중학생들이 두 아이를 떼어 놓았다.

맞던 아이는 고개를 조금 숙이는가 싶더니 깽깽이를 하면서 냅다 뛰기 시작했다. 팔을 사방으로 휘두르며 한 발로 뛰는 모습이 마치 춤을 추는 것 같았다.

순간 나는 저렇게라도 하지 않고는 견딜 수 없는 그 아이의 마음이 고스란히 전해져 울컥했다.

"야! 졌다고 도망치는 거냐? 뭐야, 눈물이나 찔찔 짜고."

운동복의 아이가 뒤에서 소리쳤다.

가방을 둘러맨 초등학생 두세 명이 그 광경을 지켜보고 있었다. 혼자 달아난 그 아이의 친구인 것 같았다. 아이들은 친구를 따라갈 생각은 하지 않고 천천히 같은 방향으로 걸어갔다.

불과 2분 정도밖에 안 되는 짧은 시간이었다.

하지만 나는 가슴이 찡했다.

'사내인 척' 보이려고 휘두른 그 아이의 연약한 주먹과 일그러진 얼굴, 그리고 한 발로 춤추듯이 깽깽이를 하면서 도망치는 모습이 눈앞에 아른거렸다.

아이가 무척 안쓰러웠다.

왠지 그 아이의 얼굴이 동생을 닮은 것 같기도 했다.

'아버지 없이 어머니가 홀로 키우는 아이는 아닌지.'

그런 상상을 하기도 했다.

찌는 듯이 무더운 날씨를 나는 잠시 잊고 있었다.

●●○○

가지이 모토지로

(梶井基次郎 1901~1932)

1901년 오사카에서 태어난 가지이 모토지로는 1919년 엔지니어가 되고자 고등학교에 진학했지만 문학과 음악에 관심을 갖게 된다. 1922년부터 습작을 시작한 그는 도쿄제국대학 영문과 입학 다음 해인 1925년 1월 ≪아오조라≫ 창간호에 「레몬」을 발표했다. 지병이 깊어가는 와중에도 창작 활동을 이어가다 1926년 말 요양을 위해 이즈의 유가시마 온천에 1년간 머물며 가와바타 야스나리를 비롯한 문인들과 교류하게 된다. 병상에서도 창작을 멈추지 않았으며 1931년 5월 작품집 『레몬』이 간행되고 이듬해 서른한 살이라는 젊은 나이로 세상을 떠난다. 미시마 유키오는 나카지마 아쓰시, 마키노 신이치와 함께 가지이 모토지로를 "밤하늘에 별처럼 순수하며 단단하고, 독창적이며 그 자체로도 충분히 하나의 소우주를 만들어낼 수 있는 작품을 남겼다."라고 평했다.

레몬

1925년 1월 ≪아오조라≫ 창간호에 대표작 「레몬」을 발표한 가지이 모토지로는 작품집 『레몬』이 간행된 이듬해인 1932년 지병으로 세상을 떠난다. 미시마 유키오는 「레몬」을 일본 최고의 단편소설로 꼽으며 '레몬 하나가 독자의 눈앞으로 던져진 듯한 선명한 감각적인 인상을 주며 끝난 작품'이라고 평했다.

한창 꽃이 필 청년 시절, 불길한 뭔가로 인해 '나'의 세상은 절망과 어둠 속에 빠져 있었다. 어린 시절 좋아했던 것들을 떠올려 보고 음악을 들어봐도 기분이 나아지지 않고 예전에 즐겨 다녔던 마루젠도 '나'에게는 괴로운 장소가 되어 버렸다. 그렇게 쫓기듯이 도시를 떠돌다가 과일가게에서 레몬을 발견한다. 완전히 동그랗지도 않고 럭비공 같지도 않은 레몬은 인위적으로 만들 수 없는 완벽한 모양을 갖추었고 크기 또한 적당했다. 시원한 레몬의 감촉과 산뜻한 향, 그리고 레몬옐로우 색은 절망에 빠진 '나'를 매료시키기에 충분했다. 레몬이라는 무기를 장착한 '나'는 괴로운 장소였던 마루젠 안으로 용기 있게 들어가지만 그곳에서 또다시 어두운 기운에 내몰리게 된다. 하지만 '나'는 기발하고 엉뚱하게 마치 소설이나 영화 속에 나오는 괴한이라도 된 듯 일을 벌이고 혼자 유유히 마루젠을 빠져나온다.

눈에 보이지 않는 불길한 뭔가에 쫓기던 어느 회색빛 모노톤의 일상이 레몬옐로우의 세상으로 변하는 순간을 묘사했다. 레몬의 감각적인 모양과 향기, 온도는 우울한 '나'에게 생기를 주며 용기마저 불러일으킨 것이다.

모순과 같은 진실

가지이 모토지로는 1919년 엔지니어가 되고자 제3고등학교 이과에 진학했다. 「모순과 같은 진실」은 1923년 7월 13일 제3고등학교에서 발행하는 ≪가쿠수이카이(嶽水会)≫ 제84호에 발표되었다. 이 무렵은 나쓰메 소세키의 전집을 읽고 『산시로』의 영향을 받아 '가지이 소세키'라고 서명하기도 하며 소세키에 심취해 있던 시기였다.

이과에 진학했지만 문학에 뜻을 두었던 청년 가지이는 어머니에 대한 속죄 때문에 초고 「어머니」와 「모순과 같은 진실」을 썼다고 하는데 두 작품 모두 내면과 외면의 낙차를 그린 소설이다. 중학생 때 함께 살던 배다른 남동생이 초등학교를 졸업하고 고용살이로 보내지자 가지이는 남동생을 불쌍하게 여겨 중학교를 자퇴하고 스스로 견습생 고용살이를 시작했다. 이로 인해 아버지는 남동생을 집으로 불러오고 가지이를 중학교로 복학시켰다. 바로 아래 동생에게는 엄격하면서 막냇동생에게는 뭐든지 다 해주는 부모가 불합리하다고 생각하던 작가가 부모에 대해, 자신에 대해 상반된 감정을 적나라하게 서술한 작품이 「모순과 같은 진실」이다.

강자와 약자의 싸움은 가정이나 학교 등 현실 속에서 항상 맞닥뜨릴 수 있는 문제이다. '나'는 동생의 서툰 허세와 거짓말 속에서 또 다른 자신의 모습을 보게 된다. 인정하기 싫은 그런 모습이 자신과 비슷하기는 하지만 조금은 왜곡되었다는 사실에 화가 나기도 한다. 어린 시절 동생의 비겁함이 어색하게 표현되는 모습을 이해하거나 감싸주지 못하고 그런 상황에서 또 다른 자신의 모습을 보는 게 싫었던 작가의 체험이 반영된 소설이다.

박은정

일본문학 컬렉션

01

나카지마 아쓰시

번역 박은정

행복
●●●

나카지마 아쓰시

아주 오래전 어떤 섬에 가여운 한 남자가 살고 있었다. 그곳은 나이를 세는 부자연스러운 습관이 없었기 때문에 그가 몇 살인지 정확히 알 수는 없었지만 그리 젊지 않은 것만은 분명했다. 섬사람들과는 달리 머리카락이 곱슬거리지도 않고 코가 납작하지도 않아 이 남자의 외모는 놀림의 대상이 되고 있었다. 게다가 입술도 얇았고 피부는 흑단나무와 같은 윤기도 없어 한층 더 눈에 띄었다. 그는 아마도 섬에서 가장 가난했을 것이다. 곡옥처럼 생긴 우도우도는 팔라우 지방의 화폐이자 재물인데 이 남자는 우도우도가 단 한 푼도 없었다. 우도우도가 없었으니 살림을 해줄 아내도 있을 리 만무했다. 그는 섬의 최고 장로인 제1장로 집안의 가장 미천한 하인으로 그 집 헛간에 기거하면서 집안의 온갖 궂은일을 혼자 도맡아 하고 있었다. 게으른 사람들로 가득한 섬에서 이 남자만은 게으름을 피울 틈이 없었다. 아침이면 망고나무 숲에서 지저귀는 새들보다 일찍 일어나 고기를 잡으러 나간다. 단창으로 대형문어를 잡으려다 잘못 찔러 가슴과 배에 문어가 달라붙는 바람에 온몸이 부어오른 적도 있었다. 거대한 자이언트 구르퍼에 쫓기다 겨우 카누로 도망쳐 목숨을 건진 적도 있었고 고무대야만 한 대왕조개에 다리를 물릴 뻔한 적도 있었다. 섬에서는 오후가 되면 너나 할 것 없이 나무 그늘이나 대나무 평상 위에서 꾸벅꾸벅 낮잠을 청한다. 하지만 이 남자만은 집안 청소를 하고 오두막을 지으며 야자열매를 따고 야자 잎으로 새끼를 꼬고 지붕을 이거나 가구를 만드는 등 눈이 돌아갈 정도로 바빴다. 그래서 비에 홀딱 젖은 들쥐처럼 항상 땀에 절어 있었다. 예전부터 여자들이 해온 감자밭일 외에는 하나에서 열까지 모든 일을 혼자 처리해야 했다. 해가 서쪽 바다로 가라앉고 거대한 빵나무 우듬지에 박쥐들이 돌아올 무렵이 되면 그제야 개나 고양이가 먹는 감자 뿌리나 생선 찌꺼기를 겨우 얻어먹을 수 있었다. 그리고 딱

딱한 대나무 평상 위에 피곤에 지친 몸을 누이고 잠이 든다. 이런 모습을 팔라우 말로 '모·바즈'라고 하는데 돌이 된다는 의미이다.

이 섬의 제1장로 루바크인 그의 주인은 북쪽에 위치한 이 섬에서부터 남쪽 멀리 페리류 섬에 이르기까지 팔라우 최고의 부자이다. 섬 감자밭의 절반과 야자 숲의 3분의 2가 장로의 소유였다. 그의 집 부엌에는 최고급 대모갑 제품의 접시가 천장 가득 쌓여있었다. 매일같이 바다거북이와 새끼 돼지구이, 인어*듀공 의 태아나 새끼 박쥐찜 등 좋은 음식을 질리도록 먹어 기름진 그의 배는 새끼밴 돼지처럼 부풀어 있었다. 그는 오래전 카양겔 섬을 토벌했을 때 적군 대장의 숨통을 단숨에 끊어 버렸다는 선조의 명예로운 투창도 소장하고 있었다. 그가 갖고 있는 우도우도는 해변에서 산란하는 바다거북이 알 만큼이나 많았다. 그중 가장 귀중한 바칼구슬로 말할 것 같으면 환초 밖에서 설쳐대는 톱상어마저 놀라 도망갈 정도의 위력을 지니고 있었다. 그리고 섬 한가운데 있는 '바이'도 장로가 만들었다. '바이'는 대집회장으로 활모양의 지붕을 올린 박쥐처럼 생긴 건물이다. 뿐만 아니라 섬 주민의 자랑거리인 뱀 머리 모양의 새빨간 전투용 배를 만든 것도 전부 이 대지배자의 권세와 자금 덕분에 가능했다. 그의 아내는 공식적으로는 한 명이었지만 실제로는 근친상간의 금기가 허용되는 범위 안에서 수도 없이 많았다.

　가엾고 외로운 이 남자는 권력자의 시종으로 신분이 낮았기 때문에 주인인 제1장로 루박크는 물론 제2, 제3, 제4 루박크 앞을 통과할 때도 일어서지도 못한 채 반드시 엎드려 기어가야만 했다. 만일 카누를 타고 바다로 나가다 항구 근처에 있는 장로의 배를 마주치기라도 하면 미천한 남자는 카누 위에서 물속으로 뛰어들어야 했다. 배 위에서 인사하는 건 무례한 짓이어서 절대로 용서받을 수 없었다. 어느 날 그런 일이 발생하여 그가 물속에 뛰어들려는 순간 갑자기 상어가 나타난 것이다. 주저하는 그의 모습을 보고 화가 난 루바크 사람들이 막대기를 집어던져 한쪽 눈에 상처가 났다. 어쩔 수 없이 그는 상어가 있는 물속으로 뛰어들었다. 상어가 만약 1미터가 넘는 큰놈이었더라면 발가락 세 개 잘린 것으로는 끝나지 않았을 것이다.

　이 섬 남쪽 아득히 먼 문화의 중심지 코롤이라는 섬에는 피부가 흰 사람들이 가져온 아주 몹쓸 병이 침투해 있었다. 두 종류의 괴질 가운데 하나는 하늘로부터 부여받은 은밀하고 신성한 일을 못하게 만드는 괘씸한 병이었다. 코롤에서는 남자가 이 병에 걸리면 '남자의 병', 여자가 걸리면 '여자의 병'이라고 불렀다. 또 하나는 증세가 아주 미세해서 쉽게 알아차리기 힘든 병이다. 가벼운 기침으로 시작해서 얼굴이 창백해지고 점점 피곤해지다가 살이 빠지고 쇠약해져서 결국은 죽음에 이른다. 피를 토하기도 했지만 그렇지 않은 경우도 있었다. 이 이야기의 주인공 남자는 후자 쪽의 병에 걸린 것 같았다. 마른기침을 계속하며 피곤해했다. 아미아카 나무 싹을 갈아 즙을 내어 마시고 판다누스 뿌리를 달여서 마셔도 전혀 효과가 없었다. 이를 알아차린 주인은 그 몹쓸 병이 하인의 신분에 잘 어울린다고 생각했다. 그래서 하인에게 더더욱 많은 일을 시켰다.

하지만 가여운 하인은 매우 현명했기 때문에 자신의 운명이 힘겹다고는 생각하지 않았다. 주인이 아무리 가혹하게 굴어도 보고 듣고 숨 쉬는 것까지 금하지는 않았기에 다행이라고 생각했다. 할 일이 지나치게 많았지만 그래도 여자들이 하는 신성한 감자밭 일을 하지 않게 된 것만도 감사할 따름이었다. 상어한테 물려 발가락 세 개를 잃어서 불행해 보이겠지만 다리 전체를 잃지 않은 것만도 감사했다. 마른기침이 나오는 고달픈 병에 걸렸지만, 남자의 병까지 동시에 걸린 사람에 비하면 그래도 다행스러운 일이다. 앞머리가 바싹 마른 해초처럼 곱슬거리지 않은 건 분명 치명적인 결함이지만 황폐한 민둥산처럼 앞머리가 전혀 없는 사람도 있다. 그리고 코가 바나나 밭의 개구리처럼 짓눌리지 않은 것도 사실 부끄럽기는 하지만 코가 완전히 없어지거나 썩는 병에 걸린 사람이 이웃 섬에 두 명이나 있었다.

아무리 주어진 환경에 만족하는 사람일지라도 병이라는 건 심각한 것보다는 가벼운 편이 낫고, 한낮의 직사광선 아래서 혹사당하는 것보다 나무 그늘에서 편안히 낮잠 자는 편이 좋은 법이다. 가엽지만 현명한 이 남자도 사당에 가서 소원을 빌곤 했다. 고통스러운 병과 가혹한 노동 중에 어느 하나라도 조금만 줄여 주셨으면. 이 소원이 너무 과한 욕심이 아니라면 아무쪼록 이루어지기를 빌었다.

그는 악한 신으로 유명한 야자집게 '가타츠츠'와 지렁이 '우라즈' 사당에서 타로토란을 바치며 기도했다. 팔라우에서는 선한 신에게 공물을 바치는 경우는 거의 없었다. 공물을 바치지 않아도 탈이 없다는 것을 잘 알고 있었기 때문이다. 이에 반해 악한 신들에게는 항상 제사를 지내고 많은 공물을 바치고 있었다. 해일이나 폭풍, 역병들은 죄다 악한 신들이 노해서 생긴 것이기 때문이다. 그렇다면 과연 악한 신 야자집게와 지렁이가 힘을 발휘하여 가여운 남자의 기도를 들어주었을까? 그로부터 얼마 후 이 남자는 기이한 꿈을 꾸었다.

가여운 하인은 꿈속에서 자신도 모르는 사이에 장로가 되어 있었다. 그는 집안의 가장들이나 앉는 안채의 정중앙에 앉아 있었다. 사람들은 모두 그의 말에 굽실거렸다. 그의 신경을 건드릴까 두려워하는 것 같았다. 그는 아내도 있었고 식사 준비에 분주한 계집종들도 다수 거느리고 있었다. 그의 식탁 위에는 통돼지 구이나 빨갛게 익은 망그로브 크랩, 바다거북이 알들이 산처럼 쌓여 있었다. 그는 생각지도 못한 광경에 몹시 놀랐다. 꿈속이지만 꿈이 아닌 것처럼 왠지 불안해서 견딜 수 없었다.

다음 날 아침, 잠에서 깨어보니 여전히 지붕이 내려앉고 기둥이 휘어져 있는 헛간 구석이었다. 가여운 하인은 그답지 않게 아침 새가 지저귀는 소리조차 듣지 못하고 늦잠을 자는 바람에 주인한테 심하게 두들겨 맞았다.

다음날 밤, 꿈속에서 그는 또다시 장로가 되었는데 이번에는 전날 밤만큼 크게 놀라지는 않았다. 하인들에게 명령하는 말투도 전날 밤보다 훨씬 더 거만해졌다. 식탁에는 여전히 산해진미가 쌓여있었다. 활기가 넘치는 아내는 더할 나위 없는 미인이었고 판다누스 잎으로 짠 새 돗자리도 상쾌하고 마음에 들었다. 하지만 아침이 되어 잠에서 깨면 변함없이 더러운 헛간에 있었다. 하루 종일 고된 노동에 쫓겨야 했고 여전히 쿠카오 감자 뿌리와 생선 찌꺼기 밖에 얻어먹지 못했다.

다음날도, 그다음 날도 가여운 하인은 매일 밤 꿈속에서 장로가 되었다. 장로 행세는 점차 익숙해졌다. 진수성찬도 이제는 처음 봤을 때처럼 대단하게 여겨지지 않았고 게걸스럽게 먹지도 않았다. 아내와 말다툼을 하는 경우도 종종 생겼다. 아내 말고 다른 여자를 건드려도 된다는 것도 꽤 오래전부터 알고 있었다. 배를 보관하는 창고도 만들고 제사도 지내며 섬 주민들을 마구 부려먹었다. 사제에 이끌려 신전으로 나서는 엄숙한 그의 모습을 보고 섬 주민들은 한결같이 고대의 영웅이 재림했다고 탄성을 보냈다. 그가 부리는 하인 중에 그의 주인인 제1장로를 닮은 자가 있었다. 자신을 두려워하는 그 남자를 보

면 웃음이 절로 나올 정도였다. 그게 재미있어 그는 제1
장로를 닮은 이 하인에게 가장 혹독한 노동을 시켰다. 물
고기를 잡아오게 한다든지 야자열매를 따오게 했다. 배
를 타고 가다가 그 하인이 탄 카누와 마주치면 상어들이
헤엄치는 물속으로 그를 뛰어들게 한 적도 있었다. 그는
가여운 하인이 잔뜩 겁을 먹고 당황해하는 모습을 보며
만족해했다.

　낮 동안의 혹독한 노동과 가혹한 대우에도 그는 더 이
상 한탄하지 않았다. 체념하면서 스스로를 다독거릴 필
요도 없어졌다. 밤의 즐거움을 생각하면 낮 시간의 고생
쯤이야 대수롭지 않았기 때문이다. 하루 종일 이어진 고
된 노동을 끝마치면 지쳐 쓰러질 것만 같았다. 하지만 그
는 행복한 미소를 띠며 영화를 누리는 꿈을 꾸기 위해 금
방이라도 기둥이 무너질 것 같은 더러운 잠자리로 서둘
러 들어갔다. 그러고 보면 꿈속에서 즐긴 진수성찬 덕분
인지 그는 요즘 확실히 살이 오르고 있었다. 혈색도 좋아
지고 마른기침도 어느샌가 사라졌다. 그는 갈수록 생기
가 넘치고 젊어지고 있었다.

　가엾고 외로운 하인이 이런 꿈을 꾸기 시작할 무렵,
그의 부유한 주인 제1장로 또한 기이한 꿈을 꾸고 있었

다. 고귀한 제1장로는 꿈속에서 미천하고 가난한 하인이 되어 있었다. 고기잡이에다 야자나무와 빵나무 열매 채집, 야자 잎 엮기와 카누 제작까지 온갖 노동에 시달리고 있었다. 이렇게 일이 많아서야 제아무리 손발이 많이 달린 전갈이라도 다 해낼 수 없을 것 같았다. 더구나 일을 시키는 주인이라는 작자가 공교롭게도 자신의 집에서 가장 미천한 하인이었다. 이게 또 굉장히 고약해서 쉴 틈도 주지 않고 지나치게 많은 일을 시켰다. 커다란 문어가 들러붙고 대왕조개가 발을 물고 상어한테 물어뜯겨 발가락이 잘려 나갔다. 식사라고 해봤자 감자 뿌리와 생선 찌꺼기가 전부였다. 매일 아침 안채 한가운데 있는 호화로운 돗자리에서 일어나면 밤새 노동으로 온몸이 축 늘어지고 마디마디가 욱신욱신 쑤셨다. 매일 밤 이런 꿈을 꾸다 보니 제1장로의 몸에서 기름기가 점차 빠져나가고 볼록 튀어나온 배도 점점 줄어들었다. 사실 감자 뿌리와 생선 찌꺼기만 먹으면 누구라도 살이 빠질 수밖에 없을 것이다. 세 번의 달이 찼다가 빠지는 동안 장로는 비참할 정도로 쇠약해지더니 급기야 마른기침까지 하게 되었다.

결국 장로는 화가 나서 하인을 불렀다. 꿈속에서 자

신을 학대하는 몹쓸 남자에게 벌을 주려고 마음먹은 것이다.

그런데 눈앞에 나타난 하인은 더 이상 예전의 마르고 나약한, 마른기침이나 하며 두려움에 벌벌 떠는 가엾은 겁쟁이가 아니었다. 어느새 살이 통통하게 올랐고 얼굴은 생기 있고 활력이 넘쳐 보였다. 게다가 하인의 자신감 넘치는 태도와 정중한 말투를 보면 이제까지 마음껏 부려먹던 자라고는 도저히 생각할 수 없었다. 장로는 태연자약한 그 미소를 보는 것만으로도 상대의 우월감에 완전히 압도당했다. 꿈속에서 학대 받은 공포심까지 되살아나서 그를 괴롭혔다. 꿈속의 세계와 현실 세계 어느 쪽이 진짜일까 하는 의구심이 그의 머리를 스치고 지나갔다. 마르고 쇠약해져서 이제 기침까지 하는 자신이 당당한 이 남자를 과연 혼낼 수 있을지도 의문이었다.

장로는 본인도 예상하지 못한 부드러운 말투로 하인에게 어떻게 건강을 회복했는지 물었다. 하인은 꿈 이야기를 자세히 들려주었다. 그가 매일 밤 맛있는 음식을 얼마나 많이 먹고 있는지, 그리고 호화스런 시중을 받으며 얼마나 쾌적하고 편안한 생활을 즐기고 있는지, 또 수많은 여인에게 둘러싸여 얼마나 천국 같은 즐거움을 맛보는지 이야기했다.

장로는 하인의 이야기를 다 듣고 크게 놀랐다. 어떻게 하인의 꿈과 자신의 꿈이 이렇게도 놀랄 만큼 일치할 수 있을까? 게다가 꿈속에서 섭취한 영양분이 잠에서 깼는데도 이렇게 육체에 엄청난 영향을 미칠 수 있단 말인가? 꿈속이 현실과 마찬가지, 아니 그 이상으로 현실적이라는 걸 이제 의심할 여지가 없었다. 그는 수치심을 무릅쓰고 하인에게 자신의 꿈 이야기를 털어놓았다. 매일 밤 꿈속에서 얼마나 혹독한 노동을 강요당하고 있는지, 또 감자 뿌리와 생선 찌꺼기만으로 얼마나 힘들게 끼니를 이어가고 있는지 말해 주었다.

하인은 그 말을 듣고도 전혀 놀라지 않았다. 오래전부터 알고 있었다는 듯 만족스러운 미소를 띠며 점잖게 고개를 끄덕였다. 그의 얼굴은 마치 갯벌 진흙 속에서 배부르게 먹고 늘어져 자는 붕장어처럼 더할 나위 없이 행복하게 반짝거리고 있었다. 이 남자는 꿈이 현실보다 더 현실적이라고 이미 확신하고 있는 것이었다. 가여운 부자 주인은 깊은 한숨을 내쉬며 가난하고 지혜로운 하인의 얼굴을 시기심 가득한 눈으로 바라봤다.

*　　　　*　　　　*

　지금은 세상에서 사라진 올완가르 섬에서 전해 오는 이야기다. 올완가르 섬은 지금으로부터 80년 전 어느 날 갑자기 섬 주민들과 함께 바닷속으로 가라앉아 버렸다. 그 후 팔라우에는 더 이상 이처럼 행복한 꿈을 꾸는 남자는 없었다고 한다.

나폴레옹

●●●

나카지마 아쓰시

"나폴레옹을 잡으러 가는 겁니다."

팔라우 남쪽 해상의 외딴섬을 드나드는 작은 기선 고가네마루의 갑판 위에서 젊은 경관이 말했다.

"나폴레옹?"

"예, 나폴레옹이요."

젊은 경관은 내가 놀라기를 내심 기대하는 듯 웃으면서 말했다.

"나폴레옹은 섬 주민이에요. 섬 아이의 이름입니다."

섬에는 상당히 특이한 이름이 많았다. 예전에는 기독교 선교사들이 이름을 지어주었기 때문에 마리아나 프란시스코 같은 이름이 많았고, 독일령이 되었을 때는 비스마르크라는 이름도 있었는데, 나폴레옹은 보기 드문 이름이었다. 내가 아는 다른 섬 주민들의 이름, 시치가츠(아마 7월에 태어났을 것이다), 고코로(마음인가?), 하미가키 등에 비하면 아주 당당한 이름임에는 틀림이 없다. 지나치게 당당해서 오히려 우스꽝스러운 것이다.

나는 갑판 위로 펼쳐진 직물로 된 차양 밑에서 검은 피부의 불량소년, 나폴레옹에 대한 이야기를 처음 들었다.

나폴레옹은 2년 전까지 코롤의 거리에 살았는데 공학교 *섬 아이들이 다니는 초등학교 3학년 때 어린 여자아이에게 아주 잔인하고 못된 장난을 쳐서 아이가 거의 죽을 뻔했다고 한다. 그와 비슷한 사건을 두세 차례 더 일으킨 데다 절도까지 했기 때문에 열세 살이던 재작년 미성년자로 처벌을 받아 코롤에서 멀리 떨어진 남쪽의 S섬으로 쫓겨난 것이다. 이들 남방의 외딴섬들은 명목상으로는 팔라우섬에 속하지만 지질학적으로 보면 전혀 다른 섬이었다. 주민들도 그보다 훨씬 동쪽인 중앙 캐롤라인 제도 계통이라 언어도 팔라우에서 사용하는 말과는 완전히 달랐다. 이곳에서 악동 나폴레옹도 처음에는 아주 힘들어하는 것 같았지만 환경에 적응하는(아니, 극복하는) 신기한 재능을 타고났는지 반년도 안 되어 S섬에서도 자신을 주체하지 못하고 날뛰기 시작했다. 그는 섬 소년들을 협박했고 여자아이와 부녀자들에게 무례하기 짝이 없었다. 결국 주민들이 더 이상 참을 수 없게 되자 촌장이 진정서를 팔라우 지청으로 계속 보냈다고 한다. 그런 악동쯤이야 섬에서 그냥 조치를 취하면 될 텐데 어찌 된 일인지 섬사람들은 오히려 나폴레옹의 존재를 두려워했다. S섬은 인구도 매우 적은 데다 그마저 해마다 줄고 있어서 피폐해져 가는 섬이었다. 그렇다고 해도 불과 열대여섯 살짜리 소년 하나 제어하지 못할 만큼 주민들에게 힘이 없다는 말인가?

지금 나와 이야기하고 있는 경관이 나폴레옹을 잡으러 가는 것은 그 소년이 전혀 뉘우치지 않았기 때문이다. 따라서 팔라우 지청 경무과에서는 구형 기간을 더 연장하고 유배지도 S섬보다 훨씬 남쪽에 있는 T섬으로 바꾼 것이다. 경관은 이런 임무 외에 멀리 흩어진 여러 섬에서 인두세도 징수할 겸 섬 출신 순경을 데리고 일본인이 거의 타지 않는 작은 배에 올라탄 것이다. 1년에 불과 세 번밖에 운행하지 않는 외딴 항로였다.

"나폴레옹 선생을 얌전하게 이 배에 태워 T섬으로 옮길 수 있을까요?"

"제아무리 악동이라 해도 기껏해야 섬 아이 아니겠어요? 문제없을 겁니다."

경관은 정색을 하고 대답했다. 조금 전까지의 대화 톤과는 달리 의외로 약간 격앙되어 있었다. 방금 내가 한 말이 섬 주민들에게 절대적인 권위를 가지고 있는 경관을 모욕하는 것일지도 모른다는 사실을 깨달았다.

S섬에서 나폴레옹을 감당하기 힘들어 T섬으로 보낸 것과 마찬가지로 무기력한 사람들이 모여 사는 T섬 역시 이 소년 때문에 애를 먹을 게 틀림없었다. 뭔가 다른 방법은 없는 것일까? 예를 들면 팔라우의 코롤에서 엄중한 감시 속에 고된 노동을 시킨다든지. 소년에게 이런 유배라는 고루한 형벌을 내리는 건 도대체 어떤 법에 근거한 것일까? 일본인 호적이 없는 섬 주민, 특히 미성년자에게 어떤 법이 적용된다는 말인가? 나도 경관과 마찬가지로 남태평양 지역을 담당하는 관리이지만 하는 일은 전혀 달랐다. 게다가 나는 아직 신참이라 잘 몰라서 물어본 것뿐이었다. 경관의 기분을 상하게 했고 또 옆에 섬 출신 순경도 있어서 더 이상 그런 질문은 하지 않기로 했다.

"점심때쯤엔 S섬에 도착할 거라고 선장이 말했지만,

지난번처럼 배가 그냥 섬을 지나쳐 버리면 한나절은 훅 지나갈 겁니다. 예정대로 도착하지 못할 수도 있어요.”

경관은 대화를 피하려는 듯 기지개를 피면서 바다 쪽으로 시선을 돌렸다. 나도 그 모습에 이끌리듯 아무 생각 없이 눈을 가늘게 뜨고 눈부신 바다와 하늘을 바라봤다.

더할 나위 없이 쾌적한 날씨였다. 바다도 하늘도 온통 새파랗게 반짝거렸다. 투명하고 맑은 하늘의 푸르름이 수평선에서 희미하게 피어오르는 금빛 아지랑이 속으로 녹아내리는 것 같았다. 바라보고 있으면 금방이라도 온몸을 물들여 버릴 것 같은 화려하고 진한 쪽빛 바닷물이 풍성하게 퍼지면서 점점 부풀어 오르고 있었다. 빛을 잔뜩 머금은 풍요로운 진한 쪽빛 바다가 하얗게 칠한 배의 난간 위에 나타났다가 사라졌다 하며 넘실거렸다. 파도가 엄청나게 크게 부풀어 오르다가 순식간에 가라앉았다. 감청귀신이라는 말이 떠올랐다. 그게 어떤 귀신인지 잘 모르겠지만 수없이 많은 새파란 작은 귀신들이 백금처럼 휘황찬란한 빛 속에서 어지럽게 춤을 추며 바다와 하늘의 화려함을 보여주는 것인지도 모른다는 그런 말도 안 되는 생각을 하고 있었다. 눈이 부신 바다에서 고개를 돌려 정면을 바라보자 좀 전까지 대화를 나눴던 젊은 경관은 천으로 된 의자에서 기분 좋게 낮잠을 자고 있었다.

정오 무렵 배는 산호초 사이의 물길을 통해 만으로 들어갔다. S섬이다. 작고 검은 나폴레옹이 머물고 있는 에르바 섬. *나폴레옹이 유배된 지중해의 섬

낮은 언덕조차 없는 작은 산호초 섬이다. 완만한 반원을 그리는 해변 모래사장의 부스러진 산호초가 너무 하얘 눈이 시릴 정도였다. 한낮의 푸른빛 속에 우뚝 솟아 있는 오래된 야자수 아래 원주민들의 낮은 오두막이 보일 듯 말 듯 했다. 이삼십 명의 원주민 남녀가 해안가로 나와 눈을 찡그리면서 손으로 햇빛을 가리고 우리가 타고 있는 배를 쳐다보고 있었다.

조수 때문에 제방에 배를 대지는 못했다. 해안에서 50미터 정도 떨어진 곳에 배를 대자 우리를 맞이하는 카누 세 척이 물을 가르며 다가왔다. 멋진 구릿빛 피부의 건장한 사내들이 새빨간 훈도시 하나 입고 노를 저어왔다. 가까이 다가오자 그들의 귀에 걸린 검은색 귀걸이가 보였다.

"그럼 다녀오겠습니다."

경관은 모자를 손에 든 채 인사를 하고 순경을 따라 갑

판에서 내려갔다.

이 섬에는 세 시간 동안 머무를 예정이었다. 나는 더위 때문에 상륙하지 않았다.

밑에 내려가 점심 식사를 마치고 다시 갑판 위로 올라 갔다. 먼바다의 짙은 쪽빛과는 달리 리프*산호초의 암초 는 우 유에 녹인 비취색이었다. 배의 그림자 부분은 두꺼운 유 리 파편처럼 더 투명해 보였다. 엔젤피쉬를 닮은 검고 화 려한 줄무늬 열대어와 학꽁치처럼 생긴 노란색의 가느 다란 물고기들이 떼를 지어 헤엄치는 것을 내려다보고 있자니 졸음이 몰려왔다. 경관이 누워서 자던 긴 소파에 눕자마자 바로 잠이 들었다.

트랩을 올라오는 발걸음 소리와 사람들 목소리에 눈 을 떠보니 벌써 경관과 순경이 돌아와 있었다. 훈도시를 입은 섬 소년이 옆에 서 있었다.

"아아, 이 애입니까? 나폴레옹이?"

"네."

경관은 고개를 끄덕이며 소년을 갑판 구석의 삭구 등 이 쌓여있는 곳으로 밀쳤다.

"거기 가만히 있어."

경관의 뒤에서 순경(스무 살의 둔해 보이는 젊은이)이 뭔가 짧게 소년에게 말을 건넸다. 경관의 말을 통역한 것이다. 소년은 짜증스럽다는 표정으로 우리를 쳐다보고는 거기에 있던 나무상자 위에 앉아 바다 쪽으로 시선을 돌렸다.

섬 주민치고는 눈이 아주 작은 편이지만 딱히 못생긴 얼굴은 아니었다. 그렇다고 교활해 보이지도 않았으며 영악함이라고는 전혀 찾아볼 수 없었다(보통 사악한 얼굴에는 어딘가 영악한 모습이 보이는 법이다). 오히려 꽤 우둔해 보였다. 그래도 일반 섬 주민들의 얼굴처럼 얼이 빠진 듯 우스꽝스럽게 보이지도 않았다. 의미도 목적도 없는 순수한 악의만이 우둔해 보이는 얼굴에 선명하게 드러나 있었다. 이런 아이라면 아까 경관한테 들었던 잔인한 짓도 할 수 있겠다는 생각을 했다. 한 가지 예상하지 못했던 점은 체구가 작다는 사실이었다. 섬사람들은 대략 스무 살 전후에 성장이 끝나버려 열대여섯이 되면 제법 단단한 체격을 갖춘다. 더구나 성범죄를 저지를 정도로 조숙한 소년이라면 체구도 그에 맞게 충분히 발달했을 거라 생각했는데 소년은 말라비틀어진 원숭이 같았다. 이런 소년이 어떻게(지금도 이곳은 어느 집안 출신

인지가 가장 중요하고 그다음으로 완력이 굉장히 중요
하다) 주민들에게 두려운 존재가 되었는지 그게 더 이상
한 일이었다.

"수고하셨습니다."

나는 경관에게 말했다.

"아니, 배가 거의 오지 않는 지역이라 우리 배를 보고
녀석도 마을 사람들과 같이 해안으로 구경 나와 있었기
에 바로 붙잡았어요. 그런데 문제가 생겼어요. 저 친구
(순경을 가리키며)가 하는 말이."

"나폴레옹 녀석이 글쎄 팔라우 말을 완전히 잊어버렸
다네요. 아무리 물어봐도 소용없어요. 나 참, 그게 가능
한 일인가요? 불과 2년 사이에 자신이 태어난 곳의 말을
다 잊어버렸다는 게."

2년 동안 섬에서 트루크어만 사용했기 때문에 나폴레
옹은 팔라우어를 다 잊어버렸다고 한다. 공학교에서 2년
정도 배운 일본어를 잊어버렸다면 그건 이해할 수 있다.
하지만 태어나서 줄곧 사용해 온 팔라우말까지 잊어버
렸다니, 나는 고개를 갸웃거리긴 했지만 그게 전혀 불가
능한 일은 아닐 수도 있다고 생각했다. 어쩌면 경관의 질
문을 회피하기 위한 행동일 수도 있지 않은가.

"거참."

나는 다시 한번 고개를 갸웃거렸다.

"저도 글쎄, 녀석이 거짓말을 하나 싶어 다그쳐 봤는데 아무래도 진짜 말을 잊어버린 것 같기도 해서요."

경관은 이마의 땀을 닦으며 등 뒤의 나폴레옹 쪽을 꺼림칙하다는 듯이 쳐다봤다.

"아무튼 제멋대로에다 건방진 놈이에요. 어린 녀석이 말이죠. 이런 고집불통은 처음입니다."

오후 세 시. 드디어 출항이다. 드릉드릉 엔진 소리와 함께 선체가 가볍게 위아래로 흔들리기 시작했다.

나는 경관과 함께 갑판 위 의자에 비스듬히 앉아 섬 쪽을 바라보고 있었다(우리 둘만 일등선 손님이었기 때문에 항상 같이 있을 수밖에 없었다). 그때 옆에 서 있던 순경이 깜짝 놀라 소리치며 우리 뒤쪽을 가리켰다.

"앗!"

뒤를 돌아보니 하얗게 칠한 난간을 막 뛰어넘어 바다로 뛰어드는 섬 소년의 뒷모습이 보였다. 당황한 우리는 난간 쪽으로 달려갔다. 이미 배에서 10여 미터 멀어진 도망자는 소용돌이가 이는 배 뒤쪽을 돌아 섬을 향해 멋들어지게 헤엄치고 있었다.

"잡아! 잡으라고!"

경관이 소리쳤다.

"나폴레옹이 도망친다."

갑자기 배 위는 북새통이 되었다. 배 뒤쪽에 있던 두 명의 섬 출신 선원이 곧바로 바다로 뛰어들어 탈주자를 뒤쫓았다. 스무 살을 갓 넘긴 듬직한 청년들이었다. 탈주자와 추격자의 거리는 점점 좁혀졌다. 해변에서 배를 배웅하던 섬사람들도 그제야 눈치챈 듯 나폴레옹이 헤엄쳐 가는 백사장 방향으로 제각기 달려갔다.

예상치 못했던 장면에 나는 난간에 기대어 마른침을 삼켰다. 정신이 번쩍 들 만큼 선명한 세상을 배경으로 한 남태평양의 '추격전'이었다. 나는 아주 흥미로운 표정으로 바라보고 있었다.

"재미있네요!"

누군가 말을 걸어오는 바람에 정신을 차리고 보니 어느새 선장이 옆에 와 있었다(무슨 이유인지, 이 선장은 볼 때마다 항상 술에 취해 있었다). 선장도 느긋하게 파이프 연기를 내뿜으며 마치 영화라도 보는 듯 바다의 추격전을 감상하고 있었다. 나폴레옹이 능숙하게 헤엄을 쳐서 해변에 도착한 다음 섬 숲속 끝까지 도망치면 좋겠다고, 나도 모르게 그런 생각을 하고는 쓴웃음을 지었다.

하지만 결과는 의외로 싱겁게 끝났다. 해안에서 30미터 지점까지 헤엄쳐왔을 무렵 나폴레옹은 결국 붙잡혔다. 또래보다 키가 작은 소년과 당당한 체격의 청년 두 명, 결과는 보나마나였다. 청년들에게 두 팔을 붙들린 채 소년이 해변으로 끌려 올라가는 것까지는 보였지만 섬 사람들이 금세 둘러싸 버렸기 때문에 그 뒤는 잘 보이지 않았다.

경관은 기분이 몹시 나쁜 것 같았다.

30분 정도 지난 뒤 수훈을 발휘한 선원들에게 붙잡힌 나폴레옹이 다시 끌려오자 경관은 매섭게 뺨을 서너 차례 때렸다. 그러고 나서 이번에는 (아까는 밧줄로 묶지 않았다) 참바로 손발을 묶어 선원의 식재료를 쌓아 놓은 구석의 야자 바구니와 껍질 벗긴 싱싱한 야자 사이로 밀어뜨렸다.

"젠장, 쓸데없는 짓이나 하고!"

경관은 겨우 숨을 돌리고 그렇게 말했다.

다음날도 날씨는 아주 좋았다. 하루 종일 육지는 보이

지 않았고 배는 남쪽을 향해 내달렸다.

저녁 무렵이 되자 드디어 무인도 H초(礁)의 환초 속으로 들어갔다. 무인도에 배를 대는 것은 표류하는 사람이 없는지 알아보기 위해서라고 생각했다. 명령 항로의 규약 어딘가에 그런 조항이 있었던 것을 기억하고 있었다. 그런데 알고 보니 그런 단순한 인도적인 차원이 아니었다. 이곳에서 다카세 소라 채집권을 독점하고 있는 남태평양무역회사의 부탁으로 불법 어획을 단속하는 게 목적이라고 했다.

갑판 위에서 보니 엄청나게 많은 바닷새들이 낮은 산호초 섬을 뒤덮고 있었다. 선원 두세 명을 따라 갑판에서 내린 나는 깜짝 놀랐다. 바위틈, 나무 위, 모래 위, 사방이 온통 새들로 뒤덮여 있었고 새알과 새 분비물로 가득했기 때문이다. 그리고 수많은 새들은 우리가 가까이 다가가는데도 도망칠 생각을 하지 않았다. 잡으려고 하면 두세 걸음 어기적어기적 피할 뿐이었다. 어린애만 한 커다란 새부터 참새만 한 작은 새에 이르기까지 하얀색, 회색, 옅은 고동색, 담청색 등 셀 수 없을 정도로 많은 바닷새들이 무리지어 있었는데 아쉽게도 나는 (동행한 선원도) 그 새들의 이름을 전혀 몰랐다. 나는 신이 나서 마구 뛰어다니며 새들을 쫓아다녔다. 얼마든지 손쉽게 새를 잡을 수도 있었다. 부리가 빨갛고 긴 커다란 하얀 새를 잡았을 때는 푸드덕거리며 쪼이기도 했지만 나는 어린아이처럼 환성을 지르면서 몇십 마리나 잡았다가 풀어줬다. 동행한 선원들은 처음이 아니라 그런지 별다른 반응이 없었고 그저 나무 막대기를 휘두르며 아무렇지도 않게 살생을 했다. 그들은 배에서 먹을 적당한 크기의 새세 마리와 미색의 새알 열 개를 배로 가지고 왔다.

소풍 다녀온 아이처럼 우쭐거리며 배에 돌아오자 배에서 내리지 않은 경관이 나에게 말했다.

"저 녀석(나폴레옹)이 어제부터 말을 한 마디도 하지 않고 먹지도 않아요. 감자랑 야자열매를 주면서 손을 풀어줬는데 쳐다보지도 않는 거예요. 얼마나 더 고집을 부릴지 알 수가 없네요."

소년은 어제와 같은 곳에 같은 자세로 누워있었다(다행히도 거기는 햇빛이 들지는 않았다). 내가 다가가도 눈만 멀뚱멀뚱 뜨고 있을 뿐 시선은 다른 곳에 고정시킨 채이쪽은 쳐다보려고 하지 않았다.

다음 날 아침 서둘러 S섬을 나왔고 이틀째 되는 아침,

드디어 T섬에 도착했다. 이 항로의 종점이자 소년 나폴레옹의 새로운 유배지이기도 했다. 산호초에 둘러싸인 옅은 에메랄드 물빛, 멀리 보이는 새하얀 모래와 키 큰 야자수, 기선을 향해 서둘러 노를 저어 오는 카누 몇 척. 선원들이 내미는 담배나 정어리 통조림 그리고 내가 가져온 닭과 달걀 등을 섬에서 나는 것과 교환하려고 섬 주민들이 배에 올라탔다. 그리고 해안가에서 진기하다는 듯이 배를 바라보는 섬 주민들의 모습은 여느 섬과 다르지 않았다.

카누가 다가왔을 때 순경은 여전히 같은 자세로 야자 바구니 사이에 누워있는 나폴레옹(그는 이틀을 꼬박 고집스럽게 물 한 모금 마시지 않았고 음식도 입에 대지 않았다고 한다)에게 섬에 온 이유를 설명하고 다리를 묶었던 밧줄을 풀어주려고 했다. 나폴레옹은 얌전하게 일어섰지만 순경이 그의 팔을 잡고 경관 쪽으로 잡아끌려고 하자 벌컥 화를 내며 묶인 팔꿈치로 순경을 냅다 밀쳤다. 그 순간 순경의 우둔한 얼굴에 놀람과 동시에 공포에 가까운 표정이 떠오른 것을 나는 놓치지 않았다. 나폴레옹은 경관의 뒤를 따라 트랩에서 내렸다. 카누로 옮겨 타고 해안에 도착하자 섬 주민 몇 명과 함께 경관을 따라 야자

숲 사이로 사라져가는 것을 나는 갑판 위에서 바라봤다.

일고여덟 명의 섬사람들이 야자 바구니를 카누로 옮겨 실었고 이 섬에서 팔라우로 가려는 열 명 정도의 사람들이 비슷한 야자 바구니를 들고 올라탔다. 그들은 길게 잡아당긴 귓불에 검고 반짝거리는 야자수 껍질의 귀걸이와 목에서 어깨와 가슴으로 파도 모양의 문신을 한 순수한 트루크 풍속 그대로의 모습이었다.

한 시간 정도 지나자 경관과 순경이 배로 돌아왔다. 섬사람들에게 나폴레옹에 대해 알려주고 촌장에게 소년을 맡기고 온 것이다.

오후가 되어 출항.

여느 때처럼 해안가에는 배웅하는 섬사람들이 죽 늘어서서 이별을 아쉬워하고 있었다(1년에 서너 번밖에 볼 수 없는 커다란 배가 떠나는 거라서).

햇빛을 피하려고 검은 안경을 쓰고 갑판에서 해안을 바라보고 있던 나는 그들이 서 있는 곳에서 나폴레옹과 비슷한 남자아이를 발견했다. 놀라서 옆에 있던 순경에게 얘기했더니 역시 나폴레옹이 틀림없다고 했다. 멀리 떨어져 있어서 표정까지는 읽을 수 없었지만 이제 완전히 경계심이 풀린 것 같았고, 그렇게 생각해서 그런지 밝고 활기차 보였다. 바로 옆에 있는 몸집이 작은 아이 두 명과 때때로 이야기를 주고받고 있었다. 상륙한 지 세 시간 만에 벌써 어린 부하를 만든 것일까?

드디어 배는 기적 소리와 함께 뱃머리를 먼바다로 돌려 움직이기 시작했다. 그때 나폴레옹이 섬 주민들과 함께 배를 향해 손을 흔드는 게 보였다. 저 고집스럽고 뚱한 소년이 도대체 왜 손을 흔들 생각을 했을까? 불과 몇 시간 전까지만 해도 배안에서 화를 내고 단식투쟁까지 해놓고, 배부르게 감자를 먹더니 다 잊어버리고 평범한 소년처럼 행동하고 싶었던 것일까? 아니면 팔라우 말은 이미 잊어버렸지만 그래도 그리운 마음에 돌아가는 배를 향해 손을 흔들고 싶어진 것일까? 어느 쪽인지 나는 알 수 없었다.

고가네마루는 북쪽으로 항해를 서둘렀고 어린 나폴레옹이 있는 세인트 헬레나 섬 *나폴레옹 1세가 죽음을 맞이한 화산섬 은 이윽고 잿빛 그림자가 되어 연기처럼 가느다란 선이 되더니 한 시간 뒤에는 푸르게 타오르는 수평선 너머로 완전히 사라졌다.

●●●

나카지마 아쓰시

(中島敦 1909~1942)

1909년 도쿄에서 태어난 나카지마 아쓰시는 천식에 의한 심장 발작으로 1942년 서른셋의 젊은 나이에 요절했다. 1920년 한문 교사인 아버지를 따라 경성으로 이주해 용산소학교와 경성중학교를 다닌 그는 이런 가정환경의 영향으로 「산월기」, 「이릉」, 「제자」 등 중국 고전을 소재로 한 작품과 「호랑이 사냥」, 「순사가 있는 풍경」 등 조선을 배경으로 한 소설을 썼다. 도쿄제국대학교 졸업 후에 요코하마에서 교사 생활을 하며 작품 활동에 몰두했는데, 그때의 체험을 바탕으로 「카멜레온 일기」, 「낭질기」를 썼다. 「두남선생」, 「오정출세」, 「오정탄이」 등과 같은 작품이 있으며, 스키타이족이나 이집트 지역을 배경으로 쓴 「호빙」과 「문자재앙」과 같은 작품들도 남겼다. 나카지마 아쓰시는 중국 고전을 소재로 인간을 꿰뚫어보는 통찰력과 한문 특유의 리듬을 일본어로 살려 세련되고 격조 높은 문장으로 완성했다. 그리고 조선과 남태평양 섬의 체류 경험을 바탕으로 당시 군국주의 일본의 지배하의 자유롭지 못한 암담한 현실에 대해 중립적인 시선으로 작품을 쓰기도 했다. 존재에 대한 회의, 인간이란 무엇인가 하는 실존주의적 문제에 끊임없이 고뇌했던 작가이다.

행복

「행복」은 1942년 11월 나카지마 아쓰시의 두 번째 작품집 『남도담』에 수록되었다. 꿈속에서 주인과 하인의 입장이 바뀌는 설정은 파스칼의 『팡세』나 『열자(列子)』에도 나오는데 나카지마는 요코하마 교사 시절 『팡세』와 『열자』를 동료들과 읽었다고 한다. 『팡세』의 386 단장에는 왕이 되는 꿈을 꾸는 직공의 이야기가 나온다. 그리고 『열자』의 주목왕 제3편에도 부자와 하인이 꿈속에서 입장이 바뀌는 이야기가 나온다.

작품의 배경이 되는 팔라우는 당시 일본의 식민지 지배하에 있었다. 주인과 하인의 입장이 바뀐다는 「행복」의 설정은 지배자와 피지배자의 위계질서가 꿈을 통해 역전이 될 수도 있다는 의미로도 읽을 수 있다. 이렇게 보면 「행복」은 식민지 지배에 대한 나카지마의 인식을 살펴볼 수 있는 작품이다.

섬에서 가장 비천한 하인은 아침부터 밤까지 일만 하면서 먹을 수 있는 것이라곤 고구마 줄기와 생선 찌꺼기뿐이다. 그는 다들 낮잠을 자는 시간에도 일을 해야 하지만 자신의 현실을 탓하지 않고 더 나쁜 상황이 아닌 것을 오히려 다행으로 여긴다. 철저하게 사회적 차별을 받는 상황에 놓여 있지만 스스로 위로하며 만족하는 것이다. 그는 집 주인 장로와 같은 꿈을 꾸게 되는데 꿈속에서는 주인과 하인의 입장이 현실과 정반대로 바뀐다. 그리고 꿈속의 세계는 점점 더 현실의 세계에 영향을 미치기 시작한다. 소설의 배경이 되는 올완가르 섬은 1942년 11월 출판된 히지카타 히사카쓰의 『팔라우의 신화 전설』에 수록된 「올완가르의 침몰」에 등장하는 섬이다.

나폴레옹

　「나폴레옹」은 나카지마 아쓰시가 1941년 7월부터 다음해 3월까지 8개월간 남태평양의 군도에 체재한 경험을 바탕으로 쓴 단편집 『남도담』에 수록되었다. 시대가 시대인 만큼 그의 작품에는 식민지와 관련된 작품이 상당수 있다. 어린 시절 아버지를 따라 한국과 중국에서 생활하며 다른 문화를 접했던 경험은 「풀장 옆에서」, 「호랑이 사냥」 등의 작품에 적잖은 영향을 미치고 있는데, 「나폴레옹」 역시 그런 작품 가운데 하나이다. 나카지마는 남태평양 군도의 여러 섬을 이동하며 원주민 아동의 교과서 '공학교 본과 국어독본' 및 '공학교 보습과 국어독본'의 편수 심사를 담당하였고 현지 공학교 시찰과 수업을 참관하였다. 1941년 나카지마가 코롤 본섬에서 알게 된 히지카타 히사카쓰의 일기에 수록된 「남방이도기」에 나오는 나폴레옹이라는 소년으로부터 이 작품의 착상을 얻었다고 한다.

화자인 '나'는 남태평양 섬에서 나폴레옹이라는 기묘한 이름의 소년을 만나게 된다. 비스마르크, 프란시스코, 고코로와 같이 독일, 스페인, 일본 통치의 영향을 받은 다른 이름들에 비해 프랑스 장군을 연상시키는 나폴레옹이라는 이름은 범죄를 저지른 악동 소년의 이름치고는 너무도 당당하고 독특했다. 이름부터 이질적인 이 악동 소년은 온화한 남태평양 섬에서 더 먼 섬으로 유배당하는 처지에 놓인다. 섬을 떠나면서 팔라우의 말을 완전히 잊어버리고 새로운 언어를 빠르게 습득한 소년은 '나'와 같은 배를 탄 경찰, 섬 출신 순경과 대립하며 탈주극 소동을 벌였다가 다시 붙잡혀 온다. 하지만 새로운 섬에 도착한 지 두세 시간 만에 곧바로 적응을 하고 떠나는 배를 향해 손까지 흔드는 여유를 보인다.

어린 시절 부친을 따라 도쿄, 나라, 시즈오카, 경성 등지로 전학을 다니며 새로운 지역에서 생활해야만 했던 나카지마는 환경에 대한 적응이 중요한 과제였을 것이다. 작가의 체험을 그린 「풀장 옆에서」는 환경에 적응하지 못하는 주인공 산조의 애달픔이 주요 내용을 이룬다. 산조나 나카지마와 대조적인 성향의 나폴레옹은 당시 섬을 지배했던 일본어는 물론이고 자신의 모어 팔라우의 말까지 완전히 잊어버리고 새로운 언어를 습득하면서 환경에 쉽게 적응하는 재능을 발휘한다. 나카지마는 나폴레옹의 이런 점에 마음이 끌렸을지도 모른다.

박은정

다자이 오사무

번역 서홍

벚나무와 마술피리

●●●

다자이 오사무

벚꽃이 지고 이렇게 잎이 무성해질 무렵이면 항상 생각난다며 노부인은 이야기를 시작했다.

- 지금으로부터 35년 전 아버지가 아직 살아 계실 때의 일입니다. 우리 가족은, 가족이라고 해봐야 어머니는 그 일이 있기 7년 전 제가 열세 살 때 이미 돌아가셔서 아버지와 저, 그리고 여동생 이렇게 셋뿐이었습니다. 아버지는 제가 열여덟, 동생이 열여섯일 때 시마네현의 어느 바닷가 도시의 중학교 교장으로 부임하셨습니다. 인구가 2만 명 정도 되는 곳이었는데 적당한 집을 구할 수 없어서 마을을 벗어나 산 아래 외딴 절의 별채 두 칸을 빌렸습니다. 거기에서 아버지가 마쓰에의 중학교로 전근

갈 때까지 6년 동안 살았습니다. 제가 결혼을 한 것은 마쓰에로 오고 나서였으니까 스물네 살 되던 해 가을이었네요. 당시로는 상당히 늦은 나이였습니다. 어머니도 안 계시는 데다 고지식하고 사교성이 없는 아버지는 세상 물정에 어두웠습니다. 혼담이야 여러 번 있었지만, 제가 없으면 집안 살림이 제대로 안 돌아갈 걸 알아서 그랬는지 시집갈 마음도 생기지 않더군요. 동생이 건강하기만 했어도 제 마음이 조금은 홀가분했을 겁니다. 제 동생은 저와 별로 안 닮았어요. 긴 머리에 얼굴도 예쁘고 뭐든지 잘하는 사랑스러운 아이였죠. 하지만 몸이 약했던 동생은 그 도시로 이사 오고 두 해째 되던 봄에 세상을 떠났습니다. 제가 스무 살, 동생이 열여덟 살이었던 그 시절의 이야기를 하려고 합니다. 동생은 오래전에 신장결핵 진단을 받았는데 그 사실을 알았을 때는 이미 양쪽 신장이 다 망가진 뒤였습니다. 의사가 백 일을 못 넘길 거라며, 더는 손 쓸 방법이 없다고 했습니다. 한 달, 두 달이 지나 백 일이 다 되도록 우리는 그저 지켜볼 수밖에 없었습니다. 아무것도 모르는 동생은 그래도 생각보다 건강해 보였습니다. 온종일 누워 있으면서도 밝게 노래를 하거나 농담을 하고 응석도 부렸습니다. 이제 한 달 후면 동생이 이 세상을 떠난다는데 도저히 살릴 방법이 없다는 생각을 하면 가슴이 미어지고 온몸이 찢기는 것처럼 고통스러웠습니다. 3월, 4월, 5월, 그렇습니다. 5월 중순, 저는 그날을 잊을 수가 없습니다.

산과 들에는 눈이 부실 정도로 신록이 넘쳐났고, 날씨는 옷을 벗어 던지고 싶을 만큼 따뜻했습니다. 한 손을 오비 *기모노를 여미는 허리띠 사이에 찔러 넣고 고개를 떨군 채 들길을 걷고 있자니 온갖 잡념이 떠올랐습니다. 고통스러운 생각 때문에 숨조차 쉬기 힘들었습니다. 두웅, 두웅. 마치 지옥에서 울리는 것 같은 무시무시한 북소리가 땅속 깊은 곳에서 들렸습니다. 그 소리는 다른 세상에서 들려오는 듯 희미했지만, 사방으로 울려 퍼졌습니다. 정체를 알 수 없는 소리가 끊임없이 들려서 내가 정말 미친 게 아닐까 싶을 정도였습니다. 몸이 얼어붙은 듯 꼼짝도 할 수 없었던 나는 "아악" 소리를 지르고는 풀밭에 털썩 주저앉아 울고 말았습니다.

나중에 알게 된 사실인데 그 무서운 소리는 일본 군함의 대포 소리였습니다. 일본 해군이 도고 제독의 명령으로 러시아의 발틱 함대와 격전을 벌이는 중이었다고 하더군요. 바로 그 무렵이었던 거지요. 그러고 보니 이제

며칠 있으면 곧 해군기념일이네요. 그 해안가 마을 사람들도 섬뜩한 대포 소리 때문에 살아도 사는 게 아니었을 겁니다. 그런 사정도 모르고 그저 동생 일에만 온통 정신이 팔려있던 저에게 그 소리는 뭔가 불길한 느낌을 주었던 거지요. 꼭 지옥에서 울리는 북소리 같다는 생각을 하며 풀밭에 앉아 고개도 안 들고 한참을 울었습니다. 날이 저물 무렵에야 간신히 정신을 차리고 집으로 돌아왔습니다.

"언니!"

동생이 저를 불렀습니다. 그 무렵 동생은 이미 야윌 대로 야위었고 힘도 전혀 없어 보였습니다. 이제 시간이 얼마 남지 않았다는 걸 어렴풋이 알아차렸던 것 같습니다. 예전처럼 저한테 말도 안 되는 얘기를 하며 억지를 부리는 일도 없어졌습니다. 그런데 저는 그게 더 안쓰러웠습니다.

"언니, 이 편지 언제 왔어?"

저는 너무 놀라서 얼굴에서 핏기가 가시는 걸 느낄 수 있었습니다.

"언제 온 거야?"

동생은 아무렇지 않아 보였습니다.

간신히 정신을 차리고,

"좀 전에. 너 자고 있을 때. 너 웃으면서 자더라. 내가 베게 옆에 갖다 놨는데 몰랐지?"

"그랬구나. 몰랐어."

어둑어둑해진 방에서 예쁘게 웃는 동생의 얼굴만 하얗게 보였습니다.

"언니, 나 이 편지 읽었어. 근데 이상해. 모르는 사람이야."

'모를 리 없잖아.'

저는 그 편지를 보낸 M.T라는 사람을 실제로 만난 적은 없지만 아주 잘 알고 있었습니다. 며칠 전 동생의 옷장을 정리하다 서랍 안쪽에서 녹색 리본에 묶인 편지 다발을 발견했습니다. 그래선 안 되지만, 리본을 풀고 읽고야 말았습니다. 서른 통 정도의 편지가 전부 M.T로부터 온 거였습니다. 그런데 편지 봉투에는 M.T의 이름은 없었고 동생의 친구들 이름만 있어서 아버지와 저는 동생이 남자랑 이렇게 많은 편지를 주고받은 줄은 꿈에도 몰랐던 겁니다.

M.T는 들키지 않으려고 동생의 친구들 이름으로 편지를 보낸 모양입니다. 저는 어린 친구들의 대담함에 혀를

내둘렀습니다. 만약 엄격한 아버지가 이 사실을 알게 된다면 무슨 일이 벌어질지 생각만 해도 소름이 끼쳤습니다. 하지만 한 통씩 날짜를 따라 읽다 보니 저도 모르게 설레고 즐거워졌습니다. 가끔 내용이 너무 실없어서 혼자서 쿡쿡거리기도 했지만, 알지 못했던 넓고 큰 세상이 열리는 듯한 기분이 들기도 했습니다.

 그때는 저도 갓 스물이었고 남들에게는 말할 수 없는, 또래의 여자만이 느끼는 고민도 많았습니다. 서른 통이나 되는 편지를 단숨에 읽어 내려가던 저는 작년 가을에 온 마지막 편지를 읽다가 벌떡 일어났습니다. 벼락을 맞은 것 같은 느낌이라고 할까요? 너무 놀라서 뒤로 넘어갈 뻔했습니다. 동생의 연애는 정신적인 것만이 아니었던 겁니다. 저는 편지를 태워 버렸습니다. 한 통도 남기지 않고 다 태워 버렸습니다. M.T는 같은 도시에 사는 가난한 시인 같았는데 제 동생이 병에 걸린 걸 알고 비겁하게도 이별을 고한 겁니다. 편지에다 그만 헤어지자는 잔혹한 말을 아무렇지도 않게 썼더군요. 그러고는 더 이상 연락을 하지 않은 모양입니다. '나만 입 다물면 내 동생은 순수한 소녀로 남을 수 있어. 그래, 아무도 모를 거야.'라며 고통스러운 마음을 그저 가슴에 묻어 두었습니다.

하지만 그 사실을 알게 되니 동생이 더 가여워져서 온갖 말도 안 되는 상상까지 해봤습니다. 너무도 애잔해서 가슴이 욱신거리고 금방이라도 터져 버릴 것 같았습니다. 그런 감정은 그 나이의 여자가 아니면 알 수 없을 겁니다. 마치 제가 당한 일처럼 혼자서 괴로워했습니다. 그때는 정말 제가 좀 이상했던 것 같습니다.

"언니가 좀 읽어 봐. 나는 무슨 말인지 전혀 모르겠어."

모르는 척하는 동생이 진심으로 미웠습니다.

"읽어도 돼?"라며 편지를 받아드는 제 손끝이 당혹스러울 정도로 떨렸습니다. 읽을 필요도 없이 저는 그 편지의 내용을 이미 알고 있었으니까요. 하지만 아무것도 모르는 척하면서 읽어야 했습니다. 저는 편지를 제대로 보지도 않고 소리 내어 읽었습니다.

저를 용서해 주십시오. 그동안 편지를 보내지 못한 것은 자신이 없었기 때문입니다. 저는 가난하고 무능해서 당신 한 사람도 책임질 수 없는 사람입니다. 당신에 대한 나의 사랑을 오직 말로밖에 증명할 수 없는 저의 무능함을 견딜 수 없었습니다. 물론 그 말에는 털끝만큼의 거짓도 없습니다. 당신을 하루도 아니 꿈에서도 잊은 적이 없습니다. 그렇지만 저는 당신에게 아무것도 해 드릴 게 없습니다. 그게 너무 괴로워 당신과 헤어지려고 한 겁니다. 당신의 불행이 커지면 커질수록 그리고 내 사랑이 깊어지면 깊어질수록 당신에게 다가가기 힘들었습니다. 이해하실 수 있을까요? 절대 거짓이 아닙니다. 그것이 정의롭고 책임감 있는 태도라고 생각했기 때문입니다. 하지만 제 생각이 짧았습니다. 제 판단이 틀렸습니다. 용서해 주십시오. 당신에게 완벽한 인간처럼 보이려고 과욕을 부렸던 겁니다. 아직 어리고 무능해서 아무것도 할 수 없지만, 편지에라도 진심을 담아 보내는 것이 진정으로 겸손하고 아름다운 태도라는 걸 이제야 깨달았습니다. 제가 할 수 있는 건 뭐든지 다 할 겁니다. 민들레 한 송이일지라도 부끄러워하지 않고 내미는 것이 가장 용기 있는 행동이고 남자다운 태도라고 믿습니다. 이젠 도망치지 않겠습니다. 당신을 사랑합니다. 앞으로 매일 시를 지어 보내고, 당신 집 담장 밖에서 휘파람을 불어 드리겠습니다. 제가 휘파람을 잘 불거든요. 내일 저녁 6시에는 군함 행진곡을 불어 드리죠. 지금으로서는 그것만이 제가 할 수 있는 일입니다. 웃으시면 안 됩니다. 아니 웃어 주십시오. 건강하게 제 곁에 계셔 주십시오. 신께서는 틀림없이 어디에선가 지켜보고 계실 겁니다. 저는 그것을 믿습니다. 신께서는 우리를 사랑하십니다. 언젠가 아름답게 결혼식을 올릴 수 있는 날이 올 겁니다.

기다렸더니
마침내 피었구나
복숭아 꽃은
희다고들 하는데
꽃은 붉기만 하네

요즘 시를 공부하고 있습니다. 다 잘 될 겁니다. 내일 또 연락드리겠습니다.

M.T.

"언니, 나 사실 알고 있어."

동생은 해맑은 목소리로 말했습니다.

"고마워, 언니. 이거 언니가 쓴 거 맞지?"

너무 부끄러워 편지를 갈기갈기 찢고, 머리를 쥐어뜯어 버리고 싶은 심정이었습니다. 너무 당황해서 어떻게 해야 할지 몰랐습니다. 맞아요. 제가 썼습니다. 동생의 괴로움을 모르는 척할 수 없어서 M.T의 필체를 흉내 내서 동생이 이 세상을 떠나는 날까지 매일 편지를 쓰려고 했던 겁니다. 서툴지만 최선을 다해 시를 쓰고, 그리고 저녁 6시가 되면 몰래 밖으로 나가 휘파람을 불 생각이었습니다.

부끄러웠습니다. 어설픈 시까지 썼다는 게 정말 부끄러웠습니다. 너무 민망해서 바로 대답도 할 수 없었습니다.

"언니, 난 괜찮아."

동생은 이상하리만치 침착하고 숭고하리만치 아름답게 미소 짓고 있었습니다.

"언니, 그 초록색 리본으로 묶은 편지 읽은 거지? 그거 가짜야. 너무 외로워서 재작년 가을부터 내가 쓴 거야. 언니, 비웃지 마. 청춘이 얼마나 소중한 건지 아프고 나서야 확실히 알게 됐어. 내가 나한테 편지 같은 걸 쓰다니 웃기고 한심해. 정말 창피해. 차라리 진짜로 남자랑 마음껏 놀 걸 그랬나 봐. 안겨 볼 걸 그랬나 봐. 언니! 난 지금까지 애인은커녕 남자랑 제대로 얘기 한번 해본 적도 없어. 언니도 그렇지? 언니, 우리 너무 바보 같았어. 너무 답답하게 살았나 봐. 난 정말 죽기 싫어. 내 손도 손가락도 머리카락도 다 너무 불쌍해. 그런데 죽어야 한다니. 너무 슬퍼."

저는 슬픔, 공포, 그리고 기쁨과 부끄러움 등 뭐라 할 수 없는 온갖 감정이 밀려와 가슴이 터질 것 같았습니다. 동생의 야윈 볼에 제 볼을 갖다 대고 그저 눈물만 흘리며 동생을 살며시 안아 주었습니다. 바로 그 순간이었습니다. 들렸어요. 휘파람 소리가. 낮고 희미하게. 하지만 분명히 군함 행진곡이었습니다. 동생도 귀를 기울였습니다. 시계를 보니 6시였습니다. 우리는 너무도 두려워 서로를 더 세게 끌어안았습니다. 그러고는 꼼짝도 하지 않고 정원의 벚나무 쪽에서 들려오는 신비한 행진곡에 귀를 기울였습니다.

신은 계셔. 틀림없이 살아 계셔. 저는 믿었습니다. 동생은 그 일이 있고 나서 사흘 뒤에 세상을 떠났습니다. 의사는 의아해하는 것 같았습니다. 동생이 너무 편안하게 그리고 예상보다 빨리 숨을 거두었기 때문이겠지요. 하지만 저는 놀라지 않았습니다. 모든 것이 신의 뜻이라고 믿었으니까요.

지금은 나이를 먹고, 온갖 물욕이 생겨 부끄럽습니다.

신앙심도 조금 약해진 것 같다고 할까요. 그 휘파람도 어쩌면 아버지가 분 게 아닐까 의심하기도 했습니다. 우연히 우리 얘기를 들으신 아버지가 가여운 마음에 인생 최대의 연극을 하셨을지 모른다고 생각한 적도 있습니다. 설마 그건 아니겠죠. 아버지가 살아 계신다면 물어볼 수 있겠지만 돌아가신 지 어느덧 15년이나 되었네요. 아니 그건 역시 신의 은총일 겁니다.

그렇게 믿고 마음 편히 지내고 싶었습니다. 하지만 아무래도 나이를 먹게 되니 욕심은 생기고 믿음은 약해지네요. 이래서는 안 되겠다는 생각이 듭니다.

앵두

●●●

다자이 오사무

내가 산을 향하여 눈을 들리라.

(시편 121편)

자식보다 부모가 소중하다고 생각하고 싶다.

자식에게 너그럽게 대하는 것은 다 자식을 위한 거라 여기며 성인군자처럼 굴어 보려고 했다. 하지만 역시 자식보다 부모가 더 약하다. 적어도 우리 집에서는 그렇다. 늙어서 자식들 도움을 받겠다거나 신세를 지겠다는 뻔뻔하고 염치 없는 속셈 따위는 없는데도 우리 부부는 항상 아이들의 눈치를 살핀다. 아이라고는 해도 우리 집 아이들은 아직 너무 어리다. 맏이가 일곱 살, 둘째가 네 살, 막

내가 한 살이다. 그런데도 벌써 다들 부모를 이기려고 든다. 부모가 무슨 아이들의 하인이 아닌가 싶을 정도이다.

한여름에 두 평도 안 되는 방에서 온 가족이 소란스럽고 정신없는 저녁을 먹는다. 아빠는 얼굴에 흐르는 땀을 쉴 새 없이 닦으며, "땀 흘리며 밥 먹는 것은 천박하다고 풍자한 센류(川柳)가 있던데, 이렇게 애들이 시끄러워서야 아무리 고상한 아버지라도 땀이 날 수밖에."라고 중얼거리며 푸념을 한다.

엄마는 한 살짜리 막내딸에게 젖을 물린 채 남편과 첫째, 둘째의 뒤치다꺼리를 한다. 아이들이 흘린 것을 닦고, 줍고, 코까지 닦아 주며 그야말로 혼자서 몇 사람 몫을 하는지 모르겠다.

"당신은 코에서 땀이 제일 많이 나는 것 같네요. 계속 코를 닦는 걸 보니."

아빠는 쓴웃음을 지으며 되묻는다.

"그럼 당신은 어딘데? 사타구니야?"

"어머나 고상도 하셔라."

"아니, 원래 의학적으로 그렇잖아. 고상하고 말고가 어딨어?"

"저는 말이죠."

엄마는 살짝 정색을 하고 "이 가슴과 가슴 사이에......
눈물의 골짜기......"라며 말끝을 흐린다.

아빠는 말없이 식사를 이어갔다.

나는 집에서 늘 농담을 한다. 마음속에 고민이 너무 많
아서 겉으로는 오히려 유쾌한 척한다고나 할까. 아니, 집
에 있을 때뿐 아니라 사람들을 만날 때도 몸과 마음이 아
무리 힘들고 지쳐도 어떻게든지 분위기를 띄우려고 노
력한다. 그리고 사람들과 헤어지고 나면 완전히 녹초가
되어서 돈, 도덕, 그리고 자살에 대해 생각한다. 사실 사
람을 대할 때만 그런 것이 아니다. 소설을 쓸 때도 마찬
가지다. 나는 슬플 때 오히려 가볍고 즐거운 이야기를 쓰
려고 노력한다. 나로서는 남들을 위해 가장 그럴듯한 봉
사를 하는 셈이다. 그런데 사람들은 그것도 모르고 '다자
이라는 작가도 요즘 좀 가벼워졌어. 재미로만 독자를 낚
으려고 하니 너무 안이한 거 아냐.'라며 나를 업신여긴다.

인간이 인간에게 봉사하는 것이 나쁜 일인가? 그럼 잘
난 척하면서 어지간해서는 웃지 않는 것이 옳다는 건가?

다시 말하지만 나는 너무 진지해서 분위기가 깨져 버
리는 그런 어색함을 견딜 수가 없다. 나는 집에서도 살얼

음을 밟는 심정으로 쉬지 않고 농담을 한다. 일부 독자와 비평가들이 어떻게 상상할진 모르겠지만, 내 방에는 깨끗한 다다미가 깔려 있고 책상 위는 잘 정돈되어 있으며 우리 부부는 서로를 아끼고 존중한다. 남편이 아내를 때린 적이 없는 것은 물론이고, "당장 나가!", "나갈게요." 같은 거친 언쟁 한번 한 적 없다. 엄마 아빠 누구랄 것도 없이 아이들을 예뻐하고 아이들도 부모를 잘 따른다.

하지만 이것은 겉모습이다. 엄마의 가슴에는 눈물의 골짜기가 있고, 자면서 흘리는 아빠의 땀도 갈수록 심해진다. 부부는 서로의 고통을 알고 있지만, 그것을 건드리지 않으려고 조심하면서 아빠가 농담을 하면 엄마도 따라 웃는다.

그러나 그때, 눈물의 골짜기라는 엄마의 말을 들었을 때, 아빠는 입을 다물었다. 농담으로 받아치려고 해도 바로 그럴듯한 말이 떠오르지 않아서 잠자코 있다 보니 더 어색해진다. 세상일에 통달이라도 한 듯 무엇 하나 대수롭지 않게 여기는 아빠지만 결국 진지한 얼굴로 "사람을 좀 쓰지 그래. 아무래도 그러는 게 좋을 것 같은데."라고 엄마의 기분이 상하지 않도록 조심스럽게 혼잣말처럼 중얼거린다.

아이가 세 명. 아빠는 집안일엔 무능한 사람이다. 이불조차 스스로 개지 않는다. 그저 실없는 농담만 한다. 배급이나 등록 같은 것도 전혀 모른다. 마치 여관에 사는 사람 같다. 손님이 온다거나 접대를 해야 한다며 도시락을 들고 작업실에 간 채 그대로 일주일이나 귀가하지 않은 적도 있다. 일, 일 때문이라고 늘 요란을 떨지만, 글은 하루에 고작 두어 장 정도 쓰는 것 같다. 그리고는 술이다. 과음 때문에 홀쭉하게 여위어서 앓아눕는다. 게다가 여기저기에 젊은 여자 친구들도 있는 모양이다.

아이......... 일곱 살짜리 맏딸이랑 올봄에 태어난 막내딸은 가끔 감기에 걸리기는 하지만 그런대로 별문제 없다. 그런데 네 살 된 아들은 비쩍 마른 데다 아직 서지도 못한다. 하는 말이라고는 '아아'나 '어어'가 전부다. 한마디도 제대로 못 하고 말귀도 못 알아듣는다. 기어만 다니고 대소변도 못 가리면서도 밥은 엄청 많이 먹는다. 하지만 마르고 작은 데다 머리숱도 없고 전혀 자라지 않는다.

엄마 아빠 모두 아들에 대해 진지하게 이야기하는 것을 피한다. 백치, 벙어리...... 한 마디라도 입 밖으로 내서 이 사실을 서로가 인정해 버리면 너무나 비참해지기 때문이다. 엄마는 가끔 이 아이를 꼭 끌어안는다. 아빠는 자주 발작이라도 난 것처럼 아들을 안고 강에 뛰어들어 죽고 싶다는 생각을 한다.

벙어리 아들 살해. x일 오후 x구 x동 x번지, x씨(53세)는 자택의 세 평짜리 방에서 차남 x군(18세)을 도끼로 살해. 가위로 자해한 범인 x씨는 인근 병원으로 옮겨졌으나 위독한 상태. 둘째 딸의 배우자를 데릴사위로 맞은 이 집의 아버지가 딸 x씨(22세)를 너무 생각한 나머지 벙어리에 지적 장애가 있는 둘째 아들을 살해.

이런 신문 기사 때문에 나는 다시 홧술을 마신다.

아, 그저 단순한 발육 부진이라면 얼마나 좋을까. 아들이 지금이라도 갑자기 성장해서 걱정하는 우리에게 화를 내며 비웃어 주었으면! 우리 부부는 친척, 친구, 그 누구에게 말도 못 하고 마음속으로만 그렇게 빌면서 겉으로는 아무렇지 않은 척 장남과 장난을 치며 웃는다.

엄마도 있는 힘껏 애를 쓰고 있지만, 아빠 역시 최선을 다하고 있다. 아빠는 원래 그렇게 많은 분량을 쓸 수 있는 소설가가 아니다. 극단적으로 소심한 사람이다. 그런 사람이 대중들의 앞으로 끌려 나와 힘겹게 글을 쓰고, 그

것이 고통스러워서 홧술로 달래는 것이다. 홧술이란 자기 생각을 주장할 수 없는 데서 오는 초조함이나 분노 때문에 마시는 술이다. 언제든 자신의 생각을 거침없이 주장할 수 있는 사람은 홧술 따위는 마시지 않는다(술 마시는 여자가 적은 것은 이 때문이다).

나는 논쟁에서 이긴 적이 없다. 항상 진다. 상대방의 강한 확신과 어마어마한 자기 긍정에 압도되어 그냥 입을 다물어 버린다. 그러나 계속 생각하다 보면 상대가 이기적이라는 것을 깨닫게 되고 나만 잘못한 것이 아니라는 확신도 든다. 하지만 한 번 진 주제에 다시 물고 늘어지며 전투를 개시하는 것도 비참하다. 더구나 나에게 언쟁은 주먹질과 마찬가지로 불쾌한 증오로 남기 때문에 분노하면서도 웃고, 침묵하고, 이런저런 생각을 하다 결국에는 홧술을 마시는 것이다.

솔직히 말하겠다. 주절주절 이리저리 에둘러 표현했지만 사실 이 소설은 부부싸움에 관한 이야기다.

'눈물의 골짜기'

이것이 도화선이었다. 우리 부부는 앞에서 말했듯이 거친 행동은 물론 말로라도 서로를 비난 한번 한 적 없는 너무나 점잖은 한 쌍이다. 그러나 그런 만큼 언제 터질지 모르는 아슬아슬한 위험이 도사리고 있다. 상대가 잘못한 증거를 조용히 수집이라도 하는 듯한 그런 위험 말이다. 슬쩍 뒤집어 본 패를 덮어 놓고, 또 다른 패를 슬쩍 보고는 덮는 그런 동작을 반복하다 갑자기 완성된 패를 눈앞에 늘어놓을 것 같은 그런 위험. 그런 위험이 부부로 하여금 서로 조심하게 하는 게 아니냐고 한다면 아니라고는 못 하겠다. 아내 쪽은 몰라도 남편 쪽은 털면 털수록 얼마든지 먼지가 날 것 같은 그런 남자니까.

'눈물의 골짜기'

그 말을 듣고 남편은 서운했다. 그러나 언쟁을 좋아하지 않았기에 침묵했다. '당신은 나 들으라고 한 말이겠지만, 울고 있는 건 당신만이 아냐. 나 역시 당신 못지않게 아이들을 생각한다고. 나도 내 가정이 참 소중하다고 생각해. 한밤중에 아이들이 기침만 해도 잠에서 깨고 너무 걱정되거든. 좀 더 나은 집으로 이사해서 당신이랑 아이들을 기쁘게 해주고 싶은 마음이야 굴뚝같지만, 그러나 내 능력이 거기까지는 안 되는 걸 어쩌겠어. 이게 최선인 걸. 나라고 그렇게 냉정하고 싶겠어? 처자를 못 본 척하면서도 아무렇지도 않을 만큼 뻔뻔하진 않아. 배급이랑 등록도 모르는 게 아니라 여유가 없는 거라고.' 아빠는 마음속으로 그렇게 중얼거리지만 그 말을 꺼낼 자신도 없고, 또 말을 꺼냈다가 아내가 뭐라고 되받아치면 한마디도 못 할 것 같아서 "사람을 좀 쓰지 그래."라고 혼잣말처럼 간신히 거들어 볼 뿐이다.

엄마도 대체로 말이 없는 편이다. 그러나 대부분의 여자가 그렇듯 언제나 자기 말에 단호한 자신감이 있었다.

"하지만 좀처럼 와 줄 만한 사람도 없어요."

"찾으면 분명히 있을 거야. 와 줄 사람이 없는 게 아니라 오래 있어 줄 사람이 없는 거 아냐?"

"내가 사람 다룰 줄 모른다는 건가요?"

"그야······"

아빠는 다시 침묵했다. 실은 그렇게 생각하고 있었다. 그러나 입을 다물었다.

'아, 누구 한 사람 고용하면 좋을 텐데.'

엄마가 막내를 업고 일을 보러 나가면 아빠는 남은 두 아이를 돌봐야 한다. 게다가 손님이 매일 적어도 열 명은 온다.

"작업실에 가야 할 것 같은데."

"지금요?"

"응, 오늘 밤까지 마무리해야 하는 작품이 있어서 말

이야.”

거짓말이 아니었지만, 우울한 집안을 벗어나고 싶은
마음도 있었다.

“오늘 밤에 동생한테 다녀오려고요.”

그것도 나는 알고 있었다. 처제가 위독하다. 그러나 아
내가 문병을 가면 내가 아이들을 떠맡아야 한다.

“그러니까, 사람을 좀 쓰면......”

말을 꺼내려다 만다. 처갓집 일에 조금이라도 참견을
했다가는 둘 사이가 아주 껄끄러워진다.

산다는 건 힘든 일이다. 여기저기 쇠사슬로 뒤얽혀 있
어서 조금이라도 움직이면 피가 터진다.

나는 잠자코 일어서서 세 평짜리 방에 놓인 책상 서랍
에서 원고료가 든 봉투를 꺼내 품속에 넣었다. 그러고는
원고용지와 사전을 검은 보자기에 싸서 무언가에 홀리
기라도 한 것처럼 집을 나섰다.

이렇게 되면 일 같은 건 안중에도 없어진다. 자살 생각
만 하게 된다. 그러고는 술집으로 향했다.

“어서 오세요.”

“오늘 줄무늬 옷이 예쁜데......”

“괜찮죠? 당신이 줄무늬를 좋아하는 것 같아서......”

"부부 싸움을 해서 기분이 좀 그렇군. 자, 마시자고. 오늘은 여기서 자고 가야지. 그래야겠어."

자식보다 부모가 소중하다고 생각하고 싶다. 자식들보다도 그 부모가 약한 것이다.

앵두가 나왔다.

우리 집에서는 아이들에게 비싼 것을 주지 않는다. 아이들은 앵두 같은 건 본 적도 없을지도 모른다. 먹여 준다면 좋아하겠지. 아빠가 갖고 가면 기뻐할 것이다. 앵두 줄기를 실로 이어서 목에 걸면 산호 목걸이처럼 보일 것이다.

아빠는 큰 접시에 담긴 앵두를 맛없게 먹고는 씨를 뱉고, 먹고는 씨를 뱉고, 먹고는 씨를 뱉는다. 그러고는 마음속으로 허세처럼 되뇌는 말이 '자식보다 부모가 소중하다.'는 것이었다.

다자이 오사무

(太宰治 1909~1948)

　아오모리현 기타쓰가루의 대지주 집안에서 출생한 다자이 오사무의 본명은 쓰시마 슈지이다. 히로사키고등학교 재학시절 당시 유행하던 프롤레타리아 문학의 영향을 받았지만, 신분과 사상 사이에서 좌절하고 약물 중독과 자살 미수를 반복하다가 39세에 애인과 함께 생을 마감했다. 자기 파멸형의 사소설 작가로서 무뢰파 소설가로 분류된다.

　심각한 것부터 가볍고 유머러스한 것까지 다양한 작풍의 작품은 작가의 삶의 궤적과 함께 일반적으로 3기로 나뉜다. 작가 스스로 '배제와 반항'의 시대라고 지칭했던 전기는 정치 활동의 좌절, 본가와의 의절, 아쿠다카와 상 낙선 등으로 정신적으로 불안정했던 시기로 「광대의 꽃」, 「로마네스크」, 「다스 게마이네」, 「HUMAN LOST」 등을 썼다. 이시하라 미치코와의 결혼으로 안정된 가정을 이루면서 평온, 안정, 희망이라는 키워드가 두드러지는 중기의 작품에는 「후지백경」, 가와바타 야스나리에게 '「여학생」을 만난 것은 비평가에게 있어 우연의 행운'이라는 찬사를 들은 「여학생」, 「벚나무와 마술 피리」, 「달려라 메로스」 등이 있다. 전쟁 후의 상황에 절망한 작가가 다시 불안정한 정신 상태로 인해 스스로를 파괴하게 되는 후기에는 '사양족'이라는 말을 낳을 정도로 반향을 일으킨 『사양』, 「뷔용의 아내」, 『인간실격』, 「앵두」 등 그의 대표작으로 손꼽히는 작품들을 발표하였다.

약물 중독, 자살 충동, 기성 문단과의 갈등 속에 고민하던, 작가의 고뇌를 드러낸 문체가 현대의 젊은이들에게는 마치 '블로그의 문체' 같다는 평가를 받으며 지금도 여전히 사랑받는 작가이다.

작품 소개

●●●●

벗나무와 마술 피리

1939년 ≪와카쿠사≫에 실린 「벗나무와 마술피리」는 다자이 오사무의 창작 기간 중 가장 안정적인 시기인 중기에 집필된 작품으로 '삶에 대한 진지한 태도'와 '정신적인 안정감에 의해 조형된 작가의 심정'이 자연스럽게 표출되었다고 평가 받는다. 다자이 오사무는 여성을 화자로 하는 이른바 '여성 독백체 소설'을 16편 발표했는데 '회상'의 형식으로 쓰인 두 작품 가운데 첫 번째 작품이다.

어느 노부인이 자신과 여동생을 둘러싼 35년 전의 사건을 회상하는 형식으로 전개되는 이 작품은 화자인 노부인과 노부인의 이야기를 기록하고 있는 또 다른 화자가 존재하는 독특한 구성으로 인해 '뛰어나게 전략적인 텍스트'이며 '이 정도의 구축성을 가진 것은 다자이의 작품 중에서도 드물다.'라는 평가를 받는다.

삶이 몇 달 남지 않은 여동생, 그리고 여동생을 위해 거짓 편지를 쓴 언니가 엮어내는 '자매와 아버지가 만들어내는 사랑 이야기'라는 것이 이 작품에 대한 일반적인 해석이지만 거짓 편지에서 비롯된 '신의 은혜'인지 '아버지의 배려'인지 모를 '군함 행진곡' 소리가 실제로 들려온 순간, 이 아름다운 이야기는 스릴러로 장르가 변경되는 것 같다. '방법 의식이 강했던 작가' 다자이 오사무의 방법 의식을 엿볼 수 있는 작품이다.

앵두

1948년 잡지 ≪세계≫에 「앵두」가 발표된 그해, 다자이 오사무는 스스로 생을 마감했다. '패전과 전후 사회의 혼미한 긴장'을 거친 후기 작품으로 '소멸에 대한 절박한 자각'이 드러난다는 평가를 받는 이 작품은 "자식보다 부모가 소중하다고 생각하고 싶다."라는 끌림이 강한 첫 문장으로 시작한다. '소중하다'가 아니고 왜 그렇게 생각하고 싶은 걸까. 이 작품의 화자인 장애아를 둔 아버지는 성인군자처럼 굴며 자식 앞에서 허세를 부려 보기도 하고 자식을 끌어안고 물에 뛰어들고 싶은 충동에 휩싸이기도 하고 어느 날 자식이 멀쩡해지기를 바라기도 한다. 하지만 세상에서 기대하는 부모는 조건 없는 부성 혹은 모성을 가진 존재여야 한다. 작가는 그런 세상에 대해 소심한 반항을 하는 것처럼 보인다.

아버지는 눈앞에 놓인 귀한 앵두를 보며 아이들에게 주면 좋아할 것 같다고 생각하면서도 그냥 맛없게 다 먹어 치운다. 그리고 되뇌는 말이 "자식보다 부모가 소중하다고 생각하고 싶다."이다. 엄마니까, 아빠니까, 혹은 누구니까 이래야만 한다는 고정 관념에 대해 소심한 핑계를 대 주는 것 같다.

'세상에서 기대하는 모습으로 살아야만 하는 걸까'라고 고민하는 누군가에게 꼭 그렇게 하지 않아도 된다고 말해 주는 것 같아 이 작품에서 위로를 받는다.

작가가 사망한 해에 쓰인 이 작품은 또한 작가가 자신의 자식들에게 건네는 위로로도 읽힌다. 비록 스스로 생을 마감하는 선택을 하지만 남겨질 자식들에게는 '부모가 더 소중하니까'가 아니라 '소중하다고 생각하고 싶다'라는 말을 통해 그래도 자식이 더 소중하다는 고백을 하고 있기에……

서홍

미야자와 겐지

번역 서홍

쏙독새의 별

●●●

미야자와 겐지

쏙독새는 정말 못생긴 새입니다.

된장을 바른 듯 얼룩덜룩한 얼굴에 납작한 부리는 귀 밑까지 찢어져 있습니다. 다리는 부실해서 제대로 걷지도 못합니다. 다른 새들은 쏙독새의 얼굴만 봐도 피할 정도입니다.

종달새도 별로 예쁜 새는 아니지만 그래도 쏙독새보다는 자기가 낫다고 생각하는지 해 질 무렵 쏙독새와 마주치기라도 하면 몹시 불쾌하다는 듯이 무시하면서 고개를 돌려 버립니다. 게다가 종달새보다 더 작은 수다쟁이 새들은 아예 대놓고 쏙독새의 흉을 봅니다.

"뭐야. 또 나왔어? 어머 저 꼴 좀 봐. 정말 새들 망신은

다 시킨다니까.”

“저거 봐. 저 입 큰 것 좀 봐. 분명히 개구리랑 친척일 거야.”

이런 식으로 말이죠.

쏙독새는 ‘밤매’라고도 불리는데, 만약 ‘밤매’가 아니라 그냥 매였다면 어땠을까요? 볼품없는 작은 새들은 이름만 들어도 벌벌 떨며 새파랗게 질려서 몸을 웅크리고 나뭇잎 그늘에라도 숨었겠지요. 그런데 쏙독새는 매와는 형제도 친척도 아닙니다. 사실 쏙독새는 아름다운 물총새랑 새들 가운데 보석이라 불리는 벌새의 형님입니다. 벌새는 꽃의 꿀을 먹고 물총새는 물고기를 먹고 쏙독새는 작은 날벌레를 잡아먹습니다. 게다가 쏙독새의 발톱과 부리는 전혀 날카롭지도 않으니 아무리 약한 새라도 쏙독새를 무서워할 이유가 없는 거지요.

그런데도 매라는 이름이 붙었다는 게 좀 이상하지만 이유가 있습니다. 쏙독새의 날개는 상상을 초월할 정도로 튼튼해서 바람을 가르고 날아가는 모습이 매를 보는 것 같습니다. 거기다 날카로운 울음소리도 어딘가 매를 닮았거든요.

그러니 매의 입장에서는 쏙독새의 ‘밤매’라는 또 다른

이름이 너무 거슬렸던 겁니다. 그래서 쏙독새를 보기만 하면 "그 이름 바꿔. 당장 바꾸란 말야."라며 협박을 합니다.

어느 날 저녁 마침내 매가 쏙독새의 집으로 쳐들어 왔습니다.

"이봐, 아직도 이름을 안 바꾼 거야? 정말 부끄러움을 모르는 놈이군. 너하고 난 인격 자체가 다르다고. 난 파란 하늘 저 끝까지도 날아갈 수 있지만 넌 어때? 구름이 껴서 어두컴컴해지거나 밤이 돼야만 나오잖아. 내 부리랑 발톱을 잘 보고 네 거랑 비교해 보면 무슨 말인지 알 거야."

"그건 제가 어떻게 할 수 있는 일이 아닙니다. 제 이름은 제가 마음대로 지은 게 아니라 신이 내려주신 거니까요."

"아니, 내 이름이라면 신이 주셨다고 할 수 있겠지. 하지만 넌 내 이름에 밤을 갖다 붙인 거잖아. 당장 내놔."

"매님, 그건 정말 너무하십니다."

"뭐가 너무하다는 거야. 좋아, 그럼 내가 좋은 이름을 지어주지. 앞으로 넌 '그냥 새'라고 해. '그냥 새'. 잘 어울리네. 참! 이름을 바꾸려면 개명 의식을 치러야겠군. 잘 들어. 목에 '그냥 새'라고 쓴 이름표를 걸고 '저는 이제부터 '그냥 새'입니다.'라고 외치면서 집집마다 인사를 다니는 거다. 알겠지?"

"그건 도저히 못 하겠습니다."

"아니, 할 수 있어. 해야 해. 만약 모레 아침까지 하라는 대로 안 하면 넌 죽는 거야. 죽여 버릴 거니까 각오해. 모레 아침 일찍 집집마다 찾아가서 네가 왔었는지 물어볼 거다. 만약에 한 집이라도 안 왔다고 하면 그걸로 넌 끝인 줄 알아."

"정말 너무 하신 거 아닌가요? 그럴 바에야 차라리 지금 죽는 편이 낫겠습니다. 지금 당장 죽여 주세요."

"아무튼 잘 생각해 봐. '그냥 새'도 뭐 그렇게 나쁜 이름은 아니잖아." 매는 커다란 날개를 한껏 펼치고 자기 집 쪽으로 날아갔습니다.

쏙독새는 가만히 눈을 감고 생각했습니다.

'도대체 왜 이렇게 다들 나를 싫어하는 걸까? 내 얼굴이 된장을 바른 것 같고, 입도 찢어져서 그런 거겠지. 하지만 난 지금까지 한 번도 나쁜 짓을 한 적도 없는데. 둥지에서 떨어진 아기 동박새를 안아서 둥지까지 데려다준 적도 있어. 그런데도 동박새는 마치 내가 자기 아기를 훔치기라도 한 것처럼 나한테서 아기를 얼른 뺏어 갔잖아.

그러고는 나를 심하게 비웃었어. 아아! 그런데 이번에는 '그냥 새'라니, 목에 이름표를 걸라니, 너무 괴롭다.'

주변은 이미 어둑어둑해졌습니다. 쏙독새는 둥지 위로 날아올랐습니다. 구름은 심술궂게 빛나며 낮게 드리워져 있습니다. 쏙독새는 구름에 닿을 듯 말 듯 소리 없이 하늘을 날아다녔습니다.

그러고는 갑자기 입을 크게 벌리더니 날개를 곧게 펴고 마치 화살처럼 하늘을 가로질러 갔습니다. 수많은 작은 날벌레들이 입안으로 들어갔습니다.

땅바닥에 거의 닿을 정도로 낮게 날다가 다시 재빠르게 몸을 뒤집어서 하늘로 날아올랐습니다. 구름은 이미 회색으로 변했고 맞은편 산에는 노을이 붉게 물들었습니다.

쏙독새가 힘껏 날아갈 때는 하늘이 마치 둘로 갈라지는 것 같습니다. 쏙독새의 입안으로 들어간 투구풍뎅이 한 마리가 빠져나오려고 발버둥을 칩니다. 쏙독새는 그것을 꿀꺽 삼켜 버렸습니다. 그런데 그때 왠지 등골이 오싹해지는 느낌이 들었습니다.

구름은 완전히 검어졌는데 동쪽에만 산 노을이 불타고 있어서 두려워졌습니다. 가슴이 답답해진 쏙독새는 또다시 하늘로 날아올랐습니다.

또 한 마리의 투구풍뎅이가 쏙독새의 입안으로 들어왔습니다. 이번에는 쏙독새의 목구멍을 할퀴면서 버둥거립니다. 쏙독새는 그것을 억지로 삼켜 버렸습니다. 그런데 그때 갑자기 가슴이 쿵 내려앉았습니다. 쏙독새는 큰 소리로 울기 시작했습니다. 울면서 하늘을 빙글빙글 마구 돌았습니다.

'아, 투구풍뎅이야, 내가 매일 밤 너무 많은 곤충을 죽였구나. 그런데 이젠 내가 매한테 죽게 생겼구나. 그게 너무 괴롭다. 아 괴롭다. 너무 괴로워. 이제 더 이상 곤충을 먹지 말고 굶어 죽어야겠다. 아니, 그 전에 매가 나를 죽이겠지. 아니다. 그 전에 멀리멀리 하늘 저편으로 가야겠다.'

붉게 물든 산 노을이 물처럼 점점 흘러가더니 구름까지 온통 붉게 물들인 것 같습니다.

쏙독새는 곧바로 동생 물총새한테 날아갔습니다. 아름다운 물총새도 마침 일어나서 산 노을을 바라보고 있었습니다. 쏙독새가 날아온 것을 보고 말했습니다.

"형님. 잘 지내셨어요? 무슨 급한 일이라도 있으세요?"

"그건 아니고, 내가 이번에 먼 곳으로 가거든. 그 전에 널 잠깐 보러 왔어."

"형님. 가지 마세요. 벌새 형도 멀리 있는데 그럼 이제 나 혼자 외톨이가 되잖아요."

"하지만 어쩔 수 없어. 더이상 아무 말도 하지 말아 줘. 그리고 너도 물고기는 꼭 필요할 때만 잡아. 재미 삼아 잡지는 마. 그럼 안녕."

"형님, 도대체 왜 그러세요? 잠깐만 기다려 보세요."

"아니, 좀 더 있어도 마찬가지야. 벌새에게도 나중에 안부 전해 줘. 안녕. 이제는 못 만나겠구나. 안녕."

쏙독새는 울면서 자기 집으로 돌아갔습니다. 짧은 여름밤이 벌써 밝아 오려고 합니다. 새벽안개를 빨아들인 푸른 풀고사리 잎이 차갑게 흔들렸습니다. 쏙독새는 소리 높여 "끼이끼이끼이" 울었습니다. 그리고 둥지 안을 깨끗하게 정리하고 몸의 털과 날개의 깃을 가다듬고 다시 날아올랐습니다.

안개가 걷히고 해님이 동쪽에서 막 떠올랐습니다. 쏙독새는 너무 눈이 부셔서 어지러웠지만, 꾹 참으며 해님을 향해 화살처럼 날아갔습니다.

"햇님, 햇님! 부디 저를 당신 곁으로 데려가 주세요. 타 죽어도 괜찮습니다. 저같이 못생긴 새도 불에 탈 때는 작은 빛이라도 내겠지요. 부디 절 데려가 주세요."

아무리 다가가도 해님은 가까워지지 않았습니다. 오히려 점점 멀어지면서 해님이 말했습니다.

"너는 쏙독새로구나. 정말 힘들겠구나. 나 말고 별에게 날아가서 그렇게 부탁해 보렴. 너는 낮의 새가 아니잖니."

쏙독새는 그냥 인사를 한 번 한 것뿐인데 갑자기 현기증이 나서 결국 들판의 풀밭으로 떨어져 버렸습니다. 마치 꿈을 꾸는 것 같았습니다. 몸은 계속해서 빨강별과 노랑별 사이를 오르내렸고 바람에 멀리까지 날아가기도 하고 그러다 다시 또 매에게 붙잡히는 것 같기도 했습니다.

무언가 차가운 것이 얼굴로 똑 떨어졌습니다. 쏙독새는 눈을 떴습니다. 어린 억새 잎에서 이슬이 떨어진 겁니다. 이제 날도 완전히 저물어 검푸른 하늘 가득 온통 별만 반짝입니다. 쏙독새는 하늘로 날아올랐습니다. 오늘 밤도 산 노을은 새빨갛게 타오릅니다. 쏙독새는 빨갛게 비치는 산 노을빛과 차가운 별빛 사이를 이리저리 날아다녔습니다. 그리고 또 한 번 하늘을 맴돌고는 마침내 결심한 듯 서쪽 하늘에 있는 아름다운 오리온 쪽으로 똑바로 날아가면서 외쳤습니다.

"별님. 서쪽 하늘의 청백색 별님. 부디 절 당신에게로 데려가 주십시오. 타죽어도 좋습니다."

오리온은 용맹하게 노래만 부를 뿐 쏙독새 따위는 상대도 해주지 않았습니다. 울음이 터질 것 같은 쏙독새는 힘없이 떨어지다가 간신히 멈추고 다시 한번 날아올랐습니다. 그리고 남쪽의 큰개자리 쪽으로 곧바로 날아가면서 또다시 외쳤습니다.

"별님. 남쪽의 파랑 별님. 부디 절 당신에게로 데려가 주십시오. 타죽어도 좋습니다."

큰개자리는 파랑, 보라, 노랑으로 아름답게 반짝이면서 말했습니다.

"바보 같은 소리 하지 마. 새 주제에 건방지게. 네 날개로 여기까지 오려면 수억 광년은 걸릴걸."

그러고는 고개를 돌려 버렸습니다.

실망한 쏙독새는 힘없이 떨어지다 두 번을 빙빙 돌며 다시 날아올랐습니다. 그러고는 또다시 결심한 듯 북쪽의 큰곰자리에게 날아가면서 외쳤습니다.

"북쪽에 있는 파랑 별님, 부디 절 당신에게로 데려가 주십시오."

큰곰자리는 조용히 말했습니다.

"쓸데없는 생각은 안 하는 게 좋아. 머리를 좀 식히도록 하렴. 빙산이 떠 있는 바닷속이나 아니면 얼음을 띄운 컵 속에라도 뛰어들면 괜찮아질 거야."

실망한 쏙독새는 힘없이 떨어지다 또다시 하늘을 네 번 빙빙 돌았습니다. 그리고 한 번 더 동쪽에서 지금 막 떠오른 은하수 저편 독수리별에게 외쳤습니다.

"동쪽의 하양 별님, 부디 절 당신에게로 데려가 주십시오. 타죽어도 좋습니다."

독수리별은 거만하게 말했습니다.

"무슨 말도 안 되는 소리야. 별이 되려면 그에 어울리는 신분이 있는 건데. 게다가 상당한 돈도 필요하고."

쏙독새는 이제 힘이 완전히 빠져서 날개를 접고 땅으로 떨어집니다. 땅바닥까지 겨우 두 뼘 정도 남았습니다. 그런데 힘없는 가는 다리가 바닥에 막 닿으려는 순간 쏙독새가 갑자기 봉화처럼 하늘로 솟아올랐습니다. 하늘 중간까지 날아오른 쏙독새는 마치 곰을 덮치는 독수리처럼 푸드덕 몸을 떨더니 털을 곤추세웠습니다.

그리고 "끼이끼이 끼이끼이끽" 소리 높이 외쳤습니다. 그 소리는 그야말로 매와 다를 바 없었습니다. 들판이며 숲에서 자고 있던 새들이 모두 눈을 번쩍 뜨고 "뭐야? 뭐지?"라고 하며 벌벌 떨면서 별이 뜬 하늘을 올려다보았습니다.

쏙독새는 쭉 쭉 하늘로 곧게 날아올랐습니다. 이제 산 노을의 불빛은 담배꽁초 불 크기로 보입니다. 쏙독새는 오르고, 오르고 또 올라갔습니다.

추위 때문에 입김은 가슴팍에 하얗게 얼어붙었습니다. 아, 공기가 희박해져서 날개를 더 빠르게 파닥거려야만 했습니다.

그런데 별의 크기는 아까와 조금도 다르지 않았습니다. 거칠어진 숨은 끊길 듯 끊길 듯 이어지고 추위와 서리가 칼날처럼 쏙독새를 찌릅니다. 날개가 저려 오기 시작했습니다. 눈물 고인 눈을 들어서 한 번 더 하늘을 보았습니다. 그렇습니다. 이것이 쏙독새의 마지막이었습니다. 쏙독새는 자신이 땅으로 추락하고 있는 건지 하늘로 올라가고 있는 건지 거꾸로 뒤집혀 있는 건지 똑바로인 건지도 모르게 되었습니다. 하지만 마음은 평온했고 피 묻은 큰 부리는 옆으로 꺾여 있었지만 아마도 살짝 웃고 있었을 겁니다.

얼마 지나 쏙독새는 눈을 번쩍 떴습니다. 그리고 자기 몸이 도깨비불처럼 파랗고 아름다운 빛이 되어 조용히 타오르고 있는 것을 보았습니다.

　바로 옆에는 카시오페아가 있었습니다. 그리고 뒤에서는 은하수가 검푸르게 빛나고 있었습니다. 쏙독새의 별은 계속 타올랐습니다. 언제까지나, 언제까지나. 지금도 그렇게 계속 타오르고 있습니다.

바람의 아이 마타사부로

●●●

미야자와 겐지

9월 1일

휘잉 휘잉 휘이잉 휭
파란 호두도 날려 버리자
새콤한 모과도 날려 버리자
휘잉 휘잉 휘이잉 휭

산골짜기 계곡 옆에 교실이 하나뿐인 작은 학교가 있었습니다.

하지만 학생은 1학년부터 6학년까지 다 있고, 테니스장만 한 운동장도 있습니다. 운동장 뒤로는 밤나무가 늘어선 아름다운 들판이 펼쳐지고 구석에 있는 바위 구멍에서는 차가운 물이 퐁퐁 솟아나고 있습니다.

상쾌한 9월 1일 아침이었습니다. 파란 하늘 아래로 바람이 세게 불었고 운동장에는 햇살이 가득했습니다. 검정 유키바카마를 입은 1학년 아이 둘이 제방을 돌아 운동장으로 들어오더니 학교에 아무도 없는 걸 보고 번갈아 외쳤습니다.

"와! 내가 일등이다, 일등!"

신나서 교실 안을 들여다보다 멈칫하더니 한 명이 갑자기 울음을 터트렸습니다. 이렇게 이른 아침에 어디서 왔는지 처음 보는 빨강 머리 아이가 맨 앞 책상에 떡하니 앉아 있었던 겁니다. 그리고 하필이면 그 책상이 우는 아이의 자리였습니다. 나머지 한 명도 금방이라도 울음이 터질 것 같았지만 간신히 눈에 힘을 주고 그쪽을 노려보고 있었습니다.

"장씨는 포도 장사래요. 포도 장사."

마침 그때 강 위쪽에서 외치는 소리가 나더니 큰 가방을 끌어안은 가스케가 웃으며 운동장으로 들어왔습니다. 뒤를 이어 사타로랑 고스케도 따라왔습니다.

"왜 울어? 네가 괴롭혔어?"

가스케가 울지 않는 아이의 어깨를 잡고 물었더니 그 아이도 덩달아 울음을 터트렸습니다. 아이들은 의아해하며 주위를 둘러보다 빨강 머리 아이가 교실에 태연하게 앉아 있는 걸 발견하고는 다들 조용해졌습니다. 여자아이들까지 모두 모였지만 입을 여는 아이는 없었습니다.

　빨강 머리 아이는 주눅 든 기색도 없이 똑바로 앉아서 칠판을 뚫어지게 쳐다보고 있었습니다. 6학년 이치로가 왔습니다. 어른처럼 성큼성큼 다가와서 묻습니다.

　"뭐 하는 거야?"

　그제야 다들 웅성거리며 교실 안에 있는 이상한 아이를 가리켰고, 잠시 그쪽을 쳐다보던 이치로가 가방을 꽉 끌어안고 재빨리 창가로 다가갔습니다.

　다들 신나서 따라갑니다.

　"누구야? 시간도 안 됐는데 교실에 들어간 게."라고 이치로가 한마디 하자,

　"날씨 좋을 때 교실에 있으면 선생님한테 엄청 야단맞는데."

　"혼나도 우린 몰라."

　"빨리 나와, 얼른!"

　아이들이 저마다 한마디씩 했지만 그 아이는 교실과

아이들 쪽을 번갈아 쳐다보기만 할 뿐 무릎에 손을 얹은 채 그냥 앉아 있었습니다.

아이는 생김새부터가 정말 특이했습니다. 헐렁한 회색 윗도리에 하얀 반바지를 입고 빨간색 짧은 가죽 장화를 신고 있었습니다. 잘 익은 사과 같은 얼굴에 눈이 동그랗고 새까맸습니다. 아무런 반응이 없자 이치로도 몹시 당황했습니다.

"쟤 외국인 아냐?"

"우리 학교에 들어올 건가 봐."

다들 웅성거리고 있는데 5학년 가스케가 갑자기 말했습니다.

"아! 3학년으로 들어올 건가 보다."

저학년 아이들은 고개를 끄덕였지만 이치로는 가만히 고개를 갸웃했습니다.

그 아이는 이쪽을 빤히 쳐다볼 뿐 꼼짝도 안 하고 그대로 앉아 있었습니다.

그때 바람이 세게 불어와 교실 유리창이 요란하게 덜컹거렸습니다. 학교 뒷산의 억새와 밤나무가 창백하게 흔들렸고 교실 안의 아이가 어쩐지 싱긋 웃으며 살짝 움직인 것 같았습니다.

"아! 알았다. 쟤는 바람의 아이 마타사부로 *바람의 신 가제노
마타사부로사마에 빗대 미야자와 겐지가 지은 이름 다!"

기스케가 소리치자 다들 수긍했습니다.

"아야!"

그때 갑자기 뒤쪽에서 고로가 소리치며 발을 밟은 고
스케를 쳤습니다.

"아야. 니가 잘못해 놓고 왜 때려?"

고스케도 화를 내며 받아치려고 했습니다. 고로가 눈
물을 글썽이며 고스케에게 달려들려고 하자 이치로가
둘 사이를 막아서고 가스케는 고스케를 말렸습니다.

"싸우지 마. 선생님 교무실에 계셔."

다시 교실 쪽을 돌아본 이치로가 갑자기 두리번거렸
습니다. 방금까지 교실에 있던 그 아이가 흔적도 없이 사
라진 겁니다. 다들 기껏 친구가 된 망아지를 멀리 떠나보
낸 것 같은, 다잡은 곤줄박이 *참새목 박새과의 텃새 를 놓친 것
같은 그런 기분이 들었습니다.

바람이 또다시 불어와 유리창을 흔들고 뒷산의 억새
를 계곡의 상류 쪽으로 눕히며 지나갔습니다.

"야, 너희가 싸우니까 마타사부로가 사라졌잖아."

가스케가 화를 냈습니다. 다들 그렇다고 생각했습니

다. 고로는 너무 미안해서 발이 아픈 것도 잊고 기가 죽은 채 어깨를 움츠렸습니다.

"역시 그 녀석은 바람의 아이 마타사부로였어."

"맞아, 오늘이 바로 이백십일 *입춘부터 세어 이백십 되는 날이 대략 9월 1일이며 바람이 많이 분다고 한다. 이라서 오늘 온 건가 봐."

"신발은 신고 있었어."

"옷도 입고 있었잖아."

"머리가 빨간 이상한 녀석이었어."

"어? 마타사부로가 내 책상 위에 돌멩이 놓고 갔다."

그 아이의 책상 위에는 더러운 돌멩이 하나가 놓여 있었습니다.

"그래, 저기 저 유리창도 깼어."

"아냐, 저건 지난주에 기이치가 깨트린 거야."

한창 떠들고 있을 때 현관 쪽에서 선생님이 반짝거리는 호루라기를 들고 아이들을 집합시키려고 준비하고 있었습니다. 그런데 바로 뒤에서 그 빨간 머리 아이가 흰 모자를 쓰고 마치 곤겐님 *부처와 보살이 신의 모습으로 나타난 형상 의 시종이라도 된 듯 선생님을 따라 당당하게 걸어 들어왔습니다. 아이들이 모두 잠잠해졌습니다.

"선생님, 안녕하세요."

이치로가 인사를 하자 그제야 아이들도 따라서 인사합니다.

"여러분. 다들 잘 지냈죠? 자, 줄 서세요."

선생님이 호루라기를 불자 그 소리가 곧바로 저편 산골짜기에 메아리치더니 다시 낮게 돌아왔습니다.

아이들은 학교 풍경이 방학 전과 달라진 게 없다고 생각하며 6학년 한 명, 5학년 일곱 명, 4학년 여섯 명, 3학년 열두 명이 반별로 줄을 섰습니다.

2학년 여덟 명, 1학년 네 명이 '앞으로 나란히'를 합니다. 그러는 동안 그 아이는 뭐가 재밌는지 입을 한쪽으로 실룩거리며 아이들을 빤히 쳐다보고 있었습니다.

"다카다군, 이쪽으로 오세요."

선생님은 4학년 기스케와 키를 대본 뒤에 기스케와 기요 사이에 세웠습니다. 다들 뒤돌아서 그것을 빤히 보고 있었습니다.

"앞으로 나란히!"

선생님은 다시 현관 앞으로 돌아와서 구령을 외쳤습니다.

줄을 선 아이들은 그 아이가 어떻게 하는지 보고 싶어서 번갈아 그쪽을 돌아보거나 곁눈질을 했습니다. 그 아이는 '앞으로 나란히' 쯤이야 다 안다는 듯이 기스케의 등에 거의 닿을 만큼 팔을 쭉 뻗었습니다. 기스케는 등이 가려운 건지 몸이 근질거리는 건지 몸을 움찔거렸습니다.

"차렷!"

선생님이 다시 구령을 외쳤습니다.

"1학년부터 앞으로 나오세요."

1학년부터 2학년, 3학년이 순서대로 아이들 앞을 지나 신발장이 있는 오른쪽 입구로 들어갔습니다. 4학년이 걷기 시작하자 그 아이도 기스케의 뒤를 따라 고개를 빳빳이 들고 걸어갔습니다. 앞에 가는 아이도 이따금 뒤를 돌아보고 뒤쪽의 아이도 뚫어져라 그 아이를 쳐다봤습니다.

반별로 앉은 자리에 그 아이도 기스케 뒤에 당당하게 앉아 있었습니다. 또다시 교실 안이 소란스러워졌습니다.

"와아, 내 책상 바뀌었다."

"내 책상에 돌멩이가 들어 있어."

"기코, 기코, 통신표 가져왔어? 난 깜빡했는데."

"야, 사노 연필 좀 빌려줘."

"안 돼. 가져가지 마."

선생님이 들어오자 시끌벅적 떠들면서 모두 일어났습니다.

"경례!"

이치로가 맨 뒤에서 외쳤습니다.

잠깐 조용했던 아이들이 다시 소란스러워지자 선생님이 말했습니다.

"여러분 조용. 조용히 하세요."

"쉿, 에쓰지, 떠들지 마. 기스케, 기코, 조용히 해."

이치로가 맨 뒤에서 떠드는 애들을 한 명씩 부르자 그제야 조용해졌습니다.

"여러분! 긴 여름방학 동안 즐거웠어요? 아침부터 물놀이도 하고 숲속에서 맘껏 소리도 지르고 또 형들이 풀 베는 고원에도 따라갔었죠? 이제 방학은 끝났습니다. 지금부터는 2학기이고 가을이에요. 예로부터 가을은 공부하기 가장 좋은 때라고 했어요. 그러니까 여러분도 오늘부터 다시 열심히 공부하는 겁니다. 알겠죠? 그리고 방학 동안 여러분의 친구가 한 명 더 늘었어요. 저기에 있는 다카다군인데, 홋카이도의 학교에 다니다가 오늘부터 여러분의 친구가 됐어요. 학교에서 공부할 때도 그렇고 밤 주우러 갈 때랑 물고기 잡으러 갈 때도 같이 가는 거예요. 알겠죠? 그렇게 할 사람 손들어 보세요."

모두가 곧바로 손을 들었습니다. 다카다라는 이름의

그 아이까지 손을 번쩍 들었기 때문에 선생님은 빙그레 미소를 지었습니다.

"잘 알았죠? 그럼 됐어요."

아이들은 동시에 손을 내렸는데 기스케가 곧바로 다시 손을 들었습니다.

"선생님!"

"네, 뭐지요?"

"다카다의 이름은 뭐예요?"

"다카다 사부로예요."

"와아, 재밌다. 진짜로 바람의 아이 마타사부로다!"

책상 서랍에 손을 넣고 손뼉을 치는 기스케의 동작이 마치 춤을 추는 것 같아서 고학년 아이들은 웃음을 터트렸습니다. 하지만 저학년 아이들은 무서운지 사부로를 힐끗 쳐다봤습니다.

"통지표랑 숙제 가져왔죠? 꺼내 놓으세요."

다들 허둥지둥 가방을 열고 보자기를 풀어 책상 위에 통지표와 숙제를 꺼내 놓자 선생님이 1학년부터 걷기 시작했습니다. 그때 아이들이 갑자기 어리둥절한 표정을 지었습니다. 헐렁한 흰옷에 번쩍이는 검은 손수건을 넥타이처럼 목에 두르고 하얀 부채를 든 낯선 어른이 교실 뒤에서 미소를 띠고 아이들을 내려다보고 있었던 겁니다. 다들 점점 말수가 없어지더니 표정이 완전히 굳어 버렸습니다. 그런데 선생님은 그 사람에게 별로 신경 쓰는 것 같지 않았습니다. 통지표를 걷으며 사부로의 자리까지 간 선생님은 통지표랑 숙제 대신 주먹 쥔 양손을 책상 위에 올려놓은 사부로를 잠자코 지나쳤습니다.

"숙제는 다음 주 토요일에 돌려줄 테니까, 오늘 안 가져온 사람은 내일 꼭 가져오세요. 에쓰지, 유지, 료사쿠 알겠죠? 오늘은 여기까지 하겠습니다. 내일부터 정상수업이니까 공부할 준비를 해 오세요. 그리고 5학년과 6학년은 선생님이랑 같이 교실 청소합시다. 그럼 이만."

"차렷!"

다들 일어섰습니다. 뒤에 있던 어른도 부채를 아래로 내리고 자세를 바로 했습니다.

"경례!"

선생님과 아이들 모두 인사를 하고, 뒤에 있는 어른도 가볍게 고개를 숙였습니다. 저학년 아이들은 쏜살같이 교실을 뛰쳐나갔지만 4학년 아이들은 미적거리고 있었습니다.

사부로는 헐렁한 흰옷을 입은 사람에게 갔습니다. 선

생님도 교단을 내려와 그 사람에게 다가갔습니다.

"수고하셨습니다."

낯선 어른은 정중하게 인사를 했습니다.

"아이들과 금방 친해질 겁니다."

선생님도 인사를 하면서 말했습니다.

"아무쪼록 잘 부탁드리겠습니다."

그 사람은 다시 정중하게 인사를 하고 사부로에게 눈짓을 한 뒤 밖으로 나가 기다리고 있었습니다. 사부로는 모두가 쳐다보는 가운데 씩씩하게 학생용 출입구로 나가서 그 뒤를 따라갔습니다.

운동장을 나갈 때 그 아이가 아이들 쪽을 슬쩍 노려보는 듯하더니 재빨리 흰옷 입은 어른을 따라 걸어갔습니다.

"선생님, 저 사람 다카다네 아버지세요?"

이치로가 빗자루를 들면서 물었습니다.

"그래."

"무슨 일을 하시는데요?"

"고원 입구 쪽에 몰리브덴이라는 광석이 나는데 그걸 캐러 왔다는구나."

"어디쯤인데요?"

"나도 잘 모르지만 너희들이 항상 말을 끌고 가는 길에서 강 쪽으로 조금 내려간 데인 것 같던데."

"몰리브덴이 뭐 하는 건데요?"

"철하고 섞거나 약을 만드는 데 쓴다는구나."

"마타사부로도 같이 캐는 건가?"

기스케가 말했습니다.

"마타사부로가 아니라 다카다 사부로야."

사타로가 말했습니다.

"마타사부로야 마타사부로."

기스케가 얼굴이 시뻘개져서 우겨댔습니다.

"기스케, 여기 있을 거면 청소라도 해."

이치로가 말했습니다.

"싫어, 오늘은 5학년하고 6학년 차례잖아."

기스케는 서둘러 교실을 뛰쳐나가 도망쳤습니다.

또다시 불어온 바람에 유리창이 덜컹거리고 걸레를 넣은 물통에도 작은 물결이 일었습니다.

9월 2일

이치로는 이상한 그 아이가 오늘부터 정말 학교에 와서 같이 공부를 할 건지 빨리 보고 싶어서 평소보다 일찍 기스케를 불러냈습니다. 그런데 기스케는 이치로보다 더 궁금했던 모양입니다. 일찌감치 아침을 먹고 책 보따리를 들고 집 앞에서 이치로를 기다리고 있었습니다. 둘은 학교까지 가는 동안 줄곧 그 아이 얘기를 했습니다. 운동장에서는 저학년 아이들 일고여덟 명이 일찍부터 자치기를 하고 있었고 그 아이는 아직 보이지 않았습니다. 어제처럼 교실 안에 있을지 몰라 안을 들여다봤지만 고요한 교실 안에는 아무도 없었습니다. 칠판 위에는 어제 청소할 때 걸레로 닦은 흔적인지 희미한 줄무늬가 남아 있었습니다.

"어제 그 애 아직 안 왔는데."

"응."

이치로의 말에 기스케도 대답하며 주변을 둘러봤습니다.

이치로는 철봉 끝에 걸터앉아서 어제 사부로가 사라진 방향을 뚫어지게 쳐다보고 있었습니다. 계곡물은 반짝거리며 흘러가고 멀리 보이는 산의 정상에서는 바람이 부는지 이따금 억새가 하얗게 물결쳤습니다. 기스케도 철봉 아래에서 같은 쪽을 물끄러미 바라보며 기다리고 있었습니다. 그런데 오래 기다릴 것도 없이 회색 가방을 든 사부로가 갑자기 길 아래쪽에서 뛰어온 겁니다.

"왔다!"

이치로가 밑에 있는 기스케에게 소리치려는데 사부로가 재빨리 제방을 휙 돌아 정문으로 들어오더니 인사를 했습니다.

"안녕."

모두가 그쪽을 돌아봤지만 대답하는 아이가 한 명도 없었습니다. 선생님한테는 언제나 '안녕하세요'라고 인사해야 한다고 배웠지만 아이들끼리는 '안녕'이라는 말을 한 적이 없었던 겁니다. 그러니 사부로의 인사가 이치로랑 기스케에게는 너무 낯설었습니다. 게다가 소리까지 우렁차서 그만 '안녕'이라는 말을 입 안에서만 웅얼거리고 말았습니다. 그런데 마타사부로는 그런 반응에도 아랑곳하지 않고 두세 걸음 다시 앞으로 나오더니 새까만 눈으로 운동장을 둘러봤습니다. 그리고 잠시 같이 놀 상대를 찾는 것 같았습니다. 하지만 모두 마타사부로 쪽을 힐끗거릴 뿐 못 본 척하며 자치기만 하고 있었고 아무도 그쪽으로 다가가지 않았습니다. 잠시 머쓱하게 서 있던 사부로가 다시 운동장을 둘러보더니 마치 운동장의 넓이를 재기라도 하는 것처럼 정문에서 현관까지 보폭수를 세면서 성큼성큼 걷기 시작했습니다. 이치로와 기스케는 숨을 죽이고 그 광경을 지켜보고 있었습니다.

어느새 맞은편 현관까지 가서 암산이라도 하는 듯이 고개를 숙이고 서 있는 마타사부로를 다들 힐끔힐끔 쳐다봤습니다.

마타사부로는 조금 무안한 듯이 뒷짐을 진 채 교무실 쪽을 지나 걷기 시작했습니다.

때마침 불어온 바람에 담장의 잡초가 바스락거리고 운동장 한가운데에서 일어난 흙먼지가 현관 앞까지 굴러가더니, 작은 회오리바람이 되어 지붕보다 높이 올라갔습니다. 그러자 기스케가 갑자기 큰 소리로 외쳤습니다.

"맞아, 쟤는 틀림없이 바람의 아이 마타사부로야. 쟤가 뭘 할 때마다 항상 바람이 불잖아."

"아⋯⋯."

이치로는 정말 그런가 생각했지만 그냥 그쪽을 보고만 있었습니다. 마타사부로는 전혀 개의치 않고 담장 쪽으로 성큼성큼 걸어갔습니다.

그때 선생님이 평소처럼 호루라기를 들고 현관으로 나왔습니다.

"안녕하세요."

저학년 아이들이 재빨리 모였습니다.

"안녕하세요."

"자, 줄 섭시다."

선생님은 운동장을 둘러보고 호루라기를 불었습니다.

다들 어제처럼 줄을 섰습니다. 마타사부로도 어제 섰던 자리에 반듯하게 서 있었습니다. 선생님이 햇빛 때문에 눈을 찡그리며 구령을 외치자 모두 학생용 출입구를 통해 교실로 들어갔습니다.

"여러분, 오늘부터 공부를 시작할 거예요. 다들 준비해 왔죠? 1, 2학년은 글쓰기용 연습장이랑 먹하고 종이를 꺼내고, 3, 4학년은 산수 공책하고 연습장, 연필 그리고 5, 6학년은 국어책을 꺼내세요."

그러자 여기저기 시끌벅적 소란스러워졌습니다. 마타사부로 옆자리의 4학년 사타로가 갑자기 손을 뻗어서 3학년 가요의 연필을 잽싸게 집어갔습니다. 가요는 사타로의 여동생입니다.

"왜 그래? 내 연필 내놔!"

"아냐, 이거 내 거야!"

사타로는 연필을 품속에 감추고 마치 중국 사람처럼 양손을 소매 속에 넣고 책상에 납작 엎드렸습니다.

"오빠 연필은 그저께 오두막에서 잃어버렸잖아, 내놔!"

가요가 뺏으려고 기를 쓰지만 책상에 납작 엎드린 사타로는 꿈적도 안 했습니다. 입을 삐죽이던 가요는 금방이라도 울음이 터질 것 같았습니다. 난처하다는 듯이 그 광경을 지켜보던 마타사부로가 오른손에 들고 있던 몽당연필을 사타로의 책상에 살며시 놓았습니다.

"나 주는 거야?"

사타로가 갑자기 벌떡 일어나 물었습니다.

"응."

마타사부로는 잠깐 망설이는가 싶더니 결심한 듯 대답했습니다. 그러자 갑자기 웃기 시작한 사타로가 품속에 있던 연필을 꺼내 가요의 작은 손 위에 올려놓았습니다.

선생님은 1학년 아이의 벼루에 물을 부어 주고 있었고 기스케는 마타사부로 앞자리라서 이 광경을 못 봤지만 이치로는 제일 뒤에서 똑똑히 지켜보고 있었습니다.

그리고 말로 표현하기 힘든 이상한 기분이 들어서 뽀

득뽀득 이를 갈았습니다.

"그럼 3학년은 뺄셈을 한 번 더 배워봅시다. 이거 계산해 보세요."

선생님은 칠판에 '25-12='이라고 썼고, 3학년 아이들은 열심히 연습장에 적었습니다. 가요도 이마를 연습장에 바싹대고 쓰고 있었습니다.

"4학년은 이거."

4학년 사타로, 기조, 고스케는 선생님이 써준 대로 '17×4='이라고 적었습니다.

"5학년은 국어책 ○페이지의 ○과를 펴서 소리 내지 말고 읽다가 모르는 글자가 나오면 연습장에 써 놓으세요."

5학년도 모두 선생님이 시키는 대로 하기 시작했습니다.

"이치로도 국어책 ○페이지를 공부하고 모르는 글자는 써 놓으세요."

선생님은 교단을 내려와서 1, 2학년이 쓴 글자를 한 명씩 봐주면서 다녔습니다. 마타사부로는 반듯하게 책을 들고 선생님이 시킨 대로 숨소리도 내지 않고 조용히 읽고 있었습니다. 하지만 연습장에는 한 글자도 쓰지 않았습니다. 모르는 글자가 하나도 없어서인지 한 자루뿐인

연필을 사타로에게 줘버렸기 때문인지 그건 알 수 없었습니다.

선생님은 교단으로 돌아와 3, 4학년의 산수 문제를 풀어 주고 새로운 문제를 낸 뒤 5학년이 연습장에 쓴 한자를 칠판에 적고 읽는 법과 뜻을 가르쳐 주었습니다.

"자, 기스케군, 한 번 읽어 보세요."

기스케는 더듬거리며 선생님이 가르쳐 주시는 대로 읽었고, 마타사부로도 잠자코 듣고 있었습니다.

"됐어요."

가만히 듣고 있던 선생님이 기스케가 열 줄 정도 읽자 이어서 읽었고 그렇게 한 바퀴 돌았습니다.

"그럼 오늘은 여기까지 하겠습니다."

아이들은 수업 도구를 정리했습니다.

"경례."

인사를 하고 밖으로 나간 아이들이 흩어져서 놀았습니다.

2교시는 1학년부터 6학년까지 다 함께 하는 음악 시간이었습니다. 선생님의 만다린 반주에 맞추어 다섯 번이나 노래를 불렀습니다.

마타사부로도 아는 노래라서 같이 불렀습니다. 음악

시간은 아주 빨리 지나갔습니다.

3교시는 3, 4학년이 국어, 5, 6학년은 수학 시간이었습니다. 선생님은 칠판에 쓴 문제를 5, 6학년에게 풀게 했습니다. 답을 다 쓴 이치로가 마타사부로 쪽을 슬쩍 쳐다봤습니다. 그런데 마타사부로는 어디서 난 건지 작은 숯으로 연습장에 문제를 풀고 있었습니다.

9월 4일, 일요일

맑게 갠 아침, 계곡물이 찰랑거리며 흘러가고 있었습니다. 이치로는 기스케, 사타로, 에쓰지와 함께 사부로의 집 쪽으로 갔습니다. 개울을 건너 물가의 버드나무 가지 하나를 꺾었습니다. 파란 버드나무 껍질을 벗겨 채찍을 만들어 쌩쌩 흔들면서 고원 쪽으로 올라갔습니다. 금방 숨이 찼습니다.

"마타사부로가 정말로 샘물에 와서 기다릴까?"

"기다리고 있을 거야. 마타사부로는 거짓말 안 하니까."

"아아 덥다. 바람 좀 불면 좋겠다."

"어? 어디서 바람이 분다."

"마타사부로가 불게 한 거 아닐까?"

"어쩐지 날이 좀 어두워진 거 같지 않아?"

하늘에 흰 구름이 조금 보였습니다. 제법 높이 올라왔습니다. 계곡 근처의 아이들 집이 멀리 아래로 내려다보였고, 이치로네 집의 커다란 지붕이 하얗게 빛나고 있었습니다.

숲속으로 들어가니 길은 질퍽거렸고 앞이 잘 보이지 않았습니다.

"여기야."

약속한 샘물 근처에 거의 다 왔을 무렵, 사부로의 외치는 소리가 들려서 모두 재빨리 뛰어 올라갔습니다. 저편 모퉁이에서 마타사부로가 작은 입술을 꼭 다문 채 아이들이 뛰어오는 것을 쳐다보고 있었습니다. 세 아이는 사부로의 앞까지 왔지만 너무 숨이 차서 잠시 아무 말도 할 수 없었습니다.

"후우."

조바심이 난 기스케가 하늘을 향해 급하게 숨을 몰아쉬었고 그걸 본 사부로가 큰 소리로 웃었습니다.

"한참 기다렸어. 게다가 오늘 비가 올지도 모른데."

"그럼 빨리 가자. 근데 일단 물 좀 마시고."

아이들은 땀을 닦고 쪼그리고 앉아서 새하얀 바위에서 솟아나는 차가운 물을 두 손으로 받아 몇 번이나 마셨습니다.

"우리 집 여기서 가까워. 바로 저기 계곡 위쪽이야. 다들 집에 가는 길에 들러."

"그래, 고원부터 먼저 가자."

아이들이 다시 걷기 시작하자 샘물은 무언가 알려 주려는 것처럼 퐁퐁퐁 소리를 내고 주변의 나무들도 사각사각 소리를 내는 것 같았습니다.

숲 기슭의 넝쿨과 바위 틈새를 지나 고원 입구에 다다랐습니다.

거기까지 온 아이들은 서쪽을 바라보았습니다. 수없이 많은 언덕이 번갈아 그림자를 드리우며 환해졌다 어두워졌다 했고 그 언덕 너머 강을 따라 푸른 들판이 펼쳐져 있었습니다.

"어, 저기 강이다!"

"가스가묘진님 *신도(神道)의 신 의 오비 같다."

마타사부로가 말했습니다.

"뭐 같다고?"

이치로가 물었습니다.

"가스가묘진님의 오비 같다고."

"신의 오비 같은 건 본 적 없는데."

"난 홋카이도에서 봤어."

다들 무슨 말인지 몰라서 입을 다물었습니다.

깔끔하게 깎인 풀밭에 커다란 밤나무 한그루가 서 있었습니다. 뿌리 근처까지 새까맣게 그을린 밑동에는 큰 구멍이 나 있었고 가지에는 낡은 새끼줄이랑 찢어진 짚신 등이 걸려 있었습니다.

"조금만 더 가면 다들 풀을 베고 있을 거야. 거기 가면 말도 있어."

이치로가 앞장서서 베어낸 수풀 속 외길을 성큼성큼 걸어갔습니다.

"여긴 곰이 없으니까 말을 풀어 놓아도 되는구나."

사부로가 따라 걸었습니다.

조금 가니 커다란 졸참나무 아래에 새끼로 엮은 망태기가 떨어져 있었고 여기저기 풀 더미가 나뒹굴고 있었습니다.

등에 무언가 짊어진 말 두 마리가 이치로를 보더니 부르르 콧소리를 냈습니다.

"형, 어디 있어? 나 왔어!"

이치로가 땀을 닦으면서 외쳤습니다.

"어, 그래. 거기 있어. 지금 갈게!"

멀리 웅덩이 쪽에서 이치로의 형이 대답했습니다.

주위가 갑자기 밝아지더니 수풀 속에서 이치로의 형이 웃으며 나왔습니다.

"어서 와. 다들 같이 왔구나. 잘 왔다. 돌아갈 때 말 좀 데리고 가. 오후부터는 날씨가 흐려질 것 같으니까. 난 풀을 좀 더 모아 둬야 하거든. 저 둑 안으로 들어가서 놀아라. 말이 스무 마리 정도 있을 거야."

이치로의 형은 가던 길을 멈추고 뒤돌아보며 말했습니다.

"둑 밖으로는 나가지 마. 길을 잃으면 위험하니까. 점심때 다시 올게."

"응, 둑 안에 있을게."

그리고 이치로의 형은 가버렸습니다. 하늘에는 옅은 구름이 걸리고 흰 거울 같은 태양이 구름과 반대 방향으로 달려갔습니다. 바람이 불자 수풀이 물결처럼 일렁였습니다. 먼저 일어선 이치로를 따라가다 보니 둑이 나왔고 둑 한쪽의 무너진 곳에 통나무 두 개가 가로놓여 있었습니다.

"이 정도는 치울 수 있어."

고스케가 그 아래로 숙이고 지나려 하자 기스케가 통나무 한쪽을 뽑아 아래로 내렸고 모두 그것을 뛰어넘어 안으로 들어갔습니다. 맞은 편 작은 둔덕 위에 갈색 말 일곱 마리가 꼬리를 탁탁 흔들고 있었습니다.

"이 말은 모두 천 엔이 넘는대. 내년부터 모두 경마에도 나갈 거야."

이치로가 말 옆으로 다가갔습니다.

말들은 외로웠다는 듯이 이치로와 친구들 곁으로 다가와 콧등을 쑥 내밀며 무언가 달라고 하는 것 같았습니다.

"아, 소금을 달라는 거지?"

손을 내밀자 말이 핥기 시작했습니다. 하지만 사부로는 말이 익숙하지 않은지 내키지 않는 듯 손을 주머니에 넣어 버렸습니다.

"야, 마타사부로는 말 무서워한다."

에쓰지가 말했습니다.

"무서운 거 아냐."

마타사부로는 주머니에서 손을 빼 말의 콧등 쪽으로 뻗었지만 말이 혀를 낼름 내밀자 얼굴색이 확 바뀌며 재빨리 손을 주머니에 도로 넣어 버렸습니다.

"야, 마타사부로, 너 무섭지?"

에쓰지의 말에 사부로는 얼굴이 벌게져서 잠시 우물쭈물하다 말했습니다.

"그럼 다 같이 경마 할래?"

하지만 아이들은 경마가 뭔지 모르는 것 같았습니다.

"난 경마 몇 번 봤어. 그런데 이 말은 안장이 없어서 못 타니까 한 마리씩 말을 몰고 가서 저쪽에, 그래 저 큰 나무 있는 곳에 가장 먼저 도착하는 사람이 이기는 거로 하자."

"그거 재밌겠다."

기스케가 말했습니다.

"야단맞을 텐데. 목부한테 들키면."

"괜찮아. 경마에 나가려면 어차피 연습해야 하니까."

사부로가 말했습니다.

"좋아, 난 이 말로 할래."

"난 이 말."

"그럼, 난 이 말도 좋아."

버드나무 가지랑 억새를 흔들며 가볍게 말을 쳤지만 말은 꼼짝도 하지 않았습니다. 고개를 숙인 채 풀 냄새를 맡거나 주변의 경치를 살펴보려는 것처럼 고개를 쳐들었습니다.

"이럇!"

이치로가 손뼉을 치며 외치자 갑자기 일곱 마리 모두 갈기를 세우고는 발맞춰 달리기 시작했습니다.

"됐다."

기스케가 벌떡 일어나 쫓아갔지만 그건 도저히 경마라고 할 수 없었습니다. 말들이 나란히 줄을 맞춰 달렸고 속도를 내지도 않았습니다. 그래도 아이들은 즐거워하며 "이랴, 이랴!" 소리치면서 열심히 그 뒤를 따라갔습니다.

잠시 후 달리던 말이 갑자기 멈칫했고 다들 헐떡거리면서 다시 말을 쫓았습니다. 어느새 말은 아까 그 둔덕을 돌아서 조금 전 아이들이 들어온 무너진 둑 쪽으로 가고 있었습니다.

"아, 말이 나간다. 잡아, 잡아!"

이치로가 얼굴이 새파래져서 소리쳤습니다. 정말로 말은 둑 밖으로 나가려는지 아까 그 통나무를 뛰어넘으려고 했습니다.

"워어 워어 워어."

당황한 이치로가 열심히 달려가 넘어질 듯한 자세로

간신히 팔을 벌렸지만 두 마리는 이미 밖으로 나간 뒤였습니다.

"빨리 와서 잡아. 빨리!"

이치로는 숨이 끊어질 듯이 소리치면서 통나무를 원래의 위치에 놓았습니다. 세 아이가 서둘러 통나무를 통과해 밖으로 나가 보니 두 마리는 둑 밖에서 풀을 뜯고 있었습니다.

"천천히 잡아, 천천히."

이치로는 말의 이름표를 단단히 잡았습니다. 기스케와 사부로가 나머지 한 마리를 잡으려고 다가가자 놀란 말은 둑을 따라 쏜살같이 남쪽으로 달아나 버렸습니다.

"형, 말이 도망가. 형, 형, 말이 도망친다고!"

뒤에서 이치로가 목이 터져라 외쳤고 사부로와 기스케는 열심히 말을 쫓아갔습니다.

그런데 말은 진짜로 도망칠 생각인지 3미터 정도의 풀을 헤치고 나타났다 사라졌다 하면서 계속 달렸습니다.

기스케는 다리가 저려서 어디를 어떻게 달리는 건지도 모르는 채 계속 쫓아갔습니다.

그러다가 갑자기 주변이 파래지면서 빙빙 돌더니 결국 무성한 수풀 속으로 쓰러지고 말았습니다. 빨간 말갈

기와 그 뒤를 쫓는 사부로의 흰 모자가 언뜻 보였습니다.

기스케는 벌렁 누워서 하늘을 바라보았습니다. 새하얗게 빛나는 하늘이 빙글빙글 돌고 옅은 잿빛 구름이 빠르게 지나갔습니다. 그리고 무언가 쿵쿵 울리는 소리가 들렸습니다.

가까스로 일어난 기스케가 힘겹게 숨을 내쉬면서 말이 달려간 쪽으로 걷기 시작했습니다. 수풀 속에는 말이랑 사부로가 지나간 흔적이 어렴풋하게 남아 있었습니다.

'그래, 말은 겁을 먹고 어딘가에 얌전하게 있을 거야.'

이렇게 생각하며 기스케는 열심히 그 뒤를 따라갔습니다. 그런데 얼마 못 가서 뚜깔이랑 키 큰 엉겅퀴 속에 길이 여러 갈래로 나 있어서 어디가 어딘지 전혀 알 수 없게 되었습니다.

"사부로 어딨어?"

기스케가 소리쳤습니다.

"여기야!"

사부로가 외치는 것 같았습니다.

눈 딱 감고 한가운데로 걸어갔습니다. 길은 중간중간 끊기기도 하고 말이 달릴 수 없을 것 같은 급경사로 이어지기도 했습니다.

하늘도 제법 어두워지고 뿌옇게 안개가 끼기 시작했습니다. 차가운 바람이 풀 위로 지나가고 구름과 안개가 나타났다 사라졌다 했습니다.

'아아, 큰일 났다, 큰일 났어.'

기스케는 가슴이 뛰기 시작했습니다.

풀이 사각거리는 소리를 냈고 짙은 안개에 옷은 완전히 젖었습니다.

기스케가 목청껏 외쳤습니다.

"이치로, 이치로, 여기야."

아무 대답도 없었습니다. 분필 가루 같은 희고 차가운 안개 알갱이가 춤을 추기 시작하더니 주위가 갑자기 고요해지고 촉촉해졌습니다. 풀잎에서 물방울 떨어지는 소리가 났습니다.

기스케는 이치로가 있는 곳으로 가려고 서둘러 뒤돌았지만 왔던 길과는 달라 보였습니다. 억새가 너무 많았고 아까는 보이지 않던 바위가 곳곳에 있었습니다. 그리고 본 적도 없는 계곡이 갑자기 눈앞에 나타났습니다. 참억새가 사각사각 소리를 냈고 되돌아가는 길은 깊이를 알 수 없는 계곡처럼 안개 속으로 사라져 버렸습니다.

바람이 불자 수많은 참억새 이삭이 가느다란 손을 한

껏 벌려 소란스럽게 흔들며

"아, 서녘 님, 아, 동녘 님. 아, 서녘 님, 아, 동녘 님."이라고 말하는 것 같았습니다.

기스케는 이런 자신의 모습이 너무 초라해서 눈을 감고 고개를 돌렸습니다. 서둘러 돌아서니 풀 속에 좁고 검은 길이 보였는데 그건 수많은 말발굽의 흔적으로 생긴 것이었습니다. 기스케는 넋이 나간 듯 웃으며 그 길을 성큼성큼 걸었습니다.

하지만 길은 한 뼘 정도로 좁아졌다 1미터 정도로 넓어졌다 했고 어쩐지 제자리를 맴돌고 있는 것 같았습니다. 꼭대기가 불탄 큰 밤나무 앞까지 왔을 때 마침내 길은 여러 갈래로 갈라졌습니다.

거기는 야생마가 모이는 장소 같았는데 안개 속에서 둥근 광장처럼 보였습니다.

실망한 기스케는 검은 길을 되돌아가기 시작했습니다. 처음 보는 풀 이삭이 조용히 흔들렸고 바람이 세게 불면 무슨 신호라도 하듯 주변의 풀들이 "아 왔다, 왔어." 하면서 몸을 숙여 피했습니다.

하늘이 번쩍이며 울리더니 안개 속에서 커다란 검은 형체가 나타났습니다. 자신의 눈을 의심하며 멈춰 선 기스케는 집일거라 생각하고 조심스레 다가가 보았지만 그건 차갑고 커다란 검은 바위였습니다.

하늘이 빙글빙글 하얗게 흔들리고 풀이 투두둑 이슬을 떨어냈습니다.

"잘못해서 초원 반대편으로 내려갔다가는 마타사부로도 나도 죽을지도 몰라."

중얼거리던 기스케가 크게 외쳤습니다.

"이치로, 이치로, 어디야? 이치로!"

하늘이 밝아졌고 풀들은 일제히 반가운 숨을 내쉬었습니다.

"야마오토코 *산속에 사는 요괴 가 이사도 마을에 사는 전기 기사 아들을 잡아다가 팔다리를 묶어 놨대."

누군가 했던 얘기가 똑똑히 들려오는 것 같았습니다.

검은 길이 갑자기 사라지더니 주위가 잠시 고요해졌습니다. 그리고 아주 강한 바람이 불기 시작했습니다.

하늘이 깃발처럼 펄럭이며 빛나고 뒤집히고 불꽃이 번쩍번쩍 타올랐습니다. 기스케는 결국 수풀 속에 쓰러져 잠이 들고 말았습니다.

모든 것이 아주 먼 나라에서 일어나는 일 같았습니다.

마타사부로가 바로 눈앞에서 다리를 쭉 뻗고 앉아 가

만히 하늘을 올려다보고 있었습니다. 평소처럼 회색 윗도리에 유리 망토를 입고 반짝이는 유리 구두를 신고 있는 마타사부로의 어깨에는 밤나무 그림자가, 풀 위에는 마타사부로의 그림자가 드리워져 있었습니다. 바람이 세게 불어왔습니다. 마타사부로는 웃지도 않고 말도 하지 않았습니다. 그저 작은 입술을 꼭 다문 채 가만히 하늘을 올려다보고 있다가 갑자기 하늘로 가볍게 날아올랐습니다. 유리 망토가 반짝반짝 빛났습니다. 기스케는 눈을 번쩍 떴습니다. 회색 안개가 멀리멀리 날아갔습니다.

바로 눈앞에 조용히 서 있던 말은 기스케가 두려운지 옆을 보고 있었습니다.

기스케는 벌떡 일어나 말의 이름표를 잡았습니다. 그 뒤에서 사부로가 하얘진 입술을 꾹 다물고 다가왔습니다. 기스케는 덜덜 떨었습니다.

"얘들아."

안개 속에서 이치로의 형 목소리가 들렸습니다. 천둥도 우르릉 쾅쾅 울렸습니다.

"기스케, 어디니? 기스케?"

이치로의 목소리도 들렸습니다. 기스케는 너무 기뻐 벌떡 일어났습니다.

"여기야, 여기. 이치로."

눈앞에 나타난 이치로의 형과 이치로를 보자 기스케는 갑자기 울음을 터트렸습니다.

"한참 찾았어. 큰일 날 뻔했다. 완전히 젖었구나. 괜찮니?"

이치로의 형은 익숙한 손놀림으로 말의 목을 끌어안고 입에 재갈을 물렸습니다.

"자, 가자."

"마타사부로 너도 놀랐지?"

이치로가 사부로에게 말을 걸었습니다. 사부로는 언제나처럼 입을 꼭 다문 채 고개만 끄덕였습니다.

이치로의 형을 따라 낮은 언덕 몇 개를 넘어 검고 큰길을 따라 잠시 걸었습니다.

번개가 두 번 정도 희미하게 번쩍거렸습니다. 풀을 태우는 냄새가 나고 안개 속으로 연기가 천천히 흘러갔습니다.

이치로의 형이 외쳤습니다.

"할아버지. 여기요, 여기. 다 찾았어요."

안개 속에 서 있던 할아버지가 말했습니다.

"아아 다행이다. 얼마나 걱정했는지. 기스케야, 추웠

지? 어서 들어와라."

기스케와 이치로는 할아버지의 손자입니다.

반만 남은 커다란 밤나무 밑둥에 풀로 만든 작은 울타리가 쳐져 있고 불이 약하게 타고 있었습니다.

이치로의 형은 졸참나무에 말을 매었습니다.

말도 히히힝 울었습니다.

"아이구, 정말 큰일 날 뻔했다. 많이 울었니? 네가 광산업자의 아들이구나? 자, 다들 경단이라도 먹어라. 이거 구워 줄 테니까. 대체 어디까지 갔던 거냐?"

"사사나가네로 내려가는 데까지 갔더라고요."

"큰일 날 뻔했네. 정말 큰일 날 뻔했어. 그쪽으로 내려갔더라면 사람이고 말이고 그걸로 끝이야. 자아 기스케. 경단 먹으렴. 자, 너도 먹고. 어서 이것도 먹어."

"할아버지. 말 두고 올게요."

이치로의 형이 말했습니다.

"그래라, 목부가 오면 또 귀찮아질 테니. 잠깐만 기다려 봐라. 곧 날이 갤 것 같으니까. 아, 정말 큰일 날 뻔했어. 나도 도라코산 아래까지 찾으러 갔다 왔다. 아무튼 다행이다. 비도 곧 그칠 게다."

"오늘 아침엔 날씨가 정말 좋았는데."

"곧 다시 좋아질 거야. 이런! 비가 새네."

이치로의 형이 나갔습니다. 천장이 부스럭거렸고 할아버지는 웃으면서 천장을 올려다보았습니다.

이치로의 형이 다시 들어 왔습니다.

"할아버지 날이 개었어요. 비도 그쳤고."

"그래그래. 그렇구나. 그럼 다들 모여서 불 좀 쬐고 있으렴. 난 다시 풀을 베야 하니."

안개가 물러가고 햇살이 빠르게 흘러들었습니다. 태양은 서쪽으로 기울고 미처 물러가지 못한 촛농 같은 안개가 빛나고 있었습니다.

풀잎에서 떨어지는 이슬이 반짝거렸고 잎도 줄기도 꽃도 올해 마지막 햇빛을 빨아들이고 있었습니다.

멀리 서쪽의 파란 들판은 지금 막 울음을 그친 것처럼 눈부시게 웃고 있었고 맞은편 밤나무에서는 파란 후광이 비치고 있었습니다. 다들 녹초가 되어 이치로를 따라 고원을 내려왔습니다. 사부로는 역시 입을 꼭 다문 채 샘물 근처에서 아이들과 헤어져 아버지의 오두막 쪽으로 돌아갔습니다.

집으로 가면서 기스케가 말했습니다.

"쟤는 역시 바람의 신이 맞아. 바람의 아이. 저기서 둘이서만 사는 거라고."

"아니야!"

이치로가 크게 소리쳤습니다.

9월 5일

아침부터 내리던 비가 2교시부터 점점 그치더니 3교시 쉬는 시간에는 날이 완전히 개었습니다. 먹구름 사이에 파란 하늘이 드러나고 새하얀 비늘구름이 동쪽으로 달려갑니다. 억새에서도 밤나무에서도 구름처럼 수증기가 피어올랐습니다.

"수업 끝나고 포도 따러 갈래?"

고스케가 기스케에게 물었습니다.

"그래. 마타사부로 너도 갈래?"

"야, 거기 마타사부로한텐 알려 주지 마."

고스케의 얘길 듣지 못한 사부로가 대답했습니다.

"갈게. 나도 홋카이도에서 딴 적 있어. 우리 엄마는 포도를 두 통이나 담갔어."

"나도 데려가 줘."

2학년 쇼기치도 나섰습니다.

"안 돼. 안 가르쳐 줄 거야. 내가 작년에 새로 찾은 데란 말야."

아이들은 수업이 끝나기를 눈이 빠지게 기다렸습니다. 5교시가 끝나자 이치로, 기스케, 사타로, 고스케, 에쓰지, 마타사부로 이렇게 여섯 명이 상류 쪽으로 올라갔습니다. 조금 올라가니 초가집이 보였고 집 앞에는 담배밭이 있었습니다. 잎을 모두 따낸 담배 나무의 파란 줄기가 숲처럼 예쁘게 늘어서 있는 모습이 너무 재밌었습니다.

마타사부로가 갑자기 잎을 한 장 뜯어 이치로에게 보여 주었습니다.

"뭐야? 이 잎은?"

깜짝 놀란 이치로가 얼굴색이 변하면서 말했습니다.

"야, 마타사부로, 담뱃잎 따면 전매청에서 가만 안 둬. 왜 땄어?"

"큰일 났다, 전매청이 이파리를 한 장씩 다 세어서 장부에 기록한단 말이야. 난 몰라."

"나도 몰라."

"나도."

모두 입을 맞춰 소리를 질렀습니다.

그러자 사부로는 얼굴이 시뻘개져서 잠시 이파리를 돌리며 뭔가 말하려다 말고 화가 난 것처럼 말했습니다.

"모르고 딴 거잖아."

다들 겁을 먹고 누가 보고 있는 건 아닌지 초가집 쪽을 쳐다봤습니다. 담배밭에서 피어나는 아지랑이 너머 보이는 그 집은 고요한 게 아무도 없는 것 같았습니다.

"저긴 1학년 쇼스케네야."

기스케가 달래듯이 말했습니다. 그런데 고스케는 처음부터 자기가 찾은 포도덩굴에 사부로랑 아이들이 오는 게 달갑지 않았기 때문에 사부로에게 다시 한번 심술궂게 말했습니다.

"야, 마타사부로. 몰랐다고 해도 소용없어. 원래대로 해놓고 물어내야 돼."

마타사부로는 당황해서 잠자코 서 있다가 나무 밑동에 담뱃잎을 살짝 놓았습니다.

"그럼, 여기 그냥 놓고 가면 되겠네."

"빨리 가자."

이치로가 먼저 걷기 시작하자 아이들이 뒤를 따랐지만 고스케 혼자만 미적거렸습니다.

"뭐야, 난 몰라. 저기 마타사부로가 딴 잎, 저기 있다고."

이렇게 말했지만 다들 앞으로 걸어갔기 때문에 고스케도 결국 따라갔습니다.

산 쪽으로 난 억새밭 사이의 좁은 길을 올라가니 남쪽으로 향한 공터 여기저기에 서 있는 밤나무 아래로 포도가 주렁주렁 달린 커다란 넝쿨이 보였습니다.

"여긴 내가 찾은 데니까 너무 많이 따지 마."

고스케가 말했습니다.

"난 밤 딸 거야."

사부로는 돌을 집어 나뭇가지에 던졌습니다. 파란 밤송이 하나가 떨어지자 막대기로 벗겨서 덜 익은 하얀 밤두 개를 꺼냈습니다. 다른 아이들은 포도를 따려고 기를 쓰고 있었습니다.

고스케가 다른 넝쿨로 가려고 밤나무 아래를 지나는데 갑자기 위에서 물이 쏟아져서 마치 물에 들어갔다 나온 것처럼 다 젖어 버렸습니다. 놀란 고스케가 위를 쳐다보니 언제 올라갔는지 마타사부로가 나무 위에서 웃으며 소맷자락으로 얼굴을 닦고 있었습니다.

"야, 마타사부로. 너 뭐 하는 거야?"

고스케는 원망스럽다는 듯이 나무를 올려다보았습니다.

"바람이 불었어."

사부로가 큭큭 웃으며 말했습니다.

고스케가 다른 넝쿨에서 포도를 따기 시작했습니다. 들고 가기 힘들 정도로 많이 따서 가득 담았습니다. 보라색으로 물든 입이 아주 크게 보였습니다.

"그럼 이 정도 땄으니까 그만 가자."

이치로가 말했습니다.

"난 더 딸 거야."

고스케가 말했습니다.

그때 고스케의 머리 위로 다시 차가운 물이 쏴아 쏟아졌습니다. 고스케는 또다시 깜짝 놀라 나무를 올려다보았지만 아무도 없었습니다.

그런데 나무 뒤쪽에서 사부로의 회색 팔꿈치가 보이고 킥킥거리는 소리까지 들리자 고스케는 벌컥 화를 냈습니다.

"야, 마타사부로. 네가 또 나무 흔들었지?"

"바람이 분 거야."

모두 웃기 시작했습니다.

"야, 마타사부로. 네가 흔든 거잖아."

다들 또다시 웃기 시작했습니다.

고스케는 사부로의 얼굴을 뚫어지게 노려보며 말했습니다.

"마타사부로 같은 건 이 세상에 없는 게 나아."

그러자 마타사부로가 얄밉게 웃으며 말했습니다.

"이런, 고스케 미안."

고스케는 무언가 말을 하려고 했지만 너무 화가 나서 아무 생각도 나지 않았습니다. 그래서 같은 말을 외쳤습니다.

"야, 마타사부로! 너 같은 바람은 세상에 없는 게 낫다고, 알겠어?"

"미안해. 그치만 네가 너무 심술을 부리니까."

마타사부로는 눈을 끔벅거리면서 미안하다는 듯이 말했습니다. 하지만 고스케의 화는 좀처럼 가라앉지 않았습니다. 그리고 다시 한번 같은 말을 반복했습니다.

"야, 마타사부로. 바람은 이 세상에 없는 게 나아."

그러자 마타사부로는 재미있는지 큭큭 거리며 다시 물었습니다.

"바람이 없는 게 좋다니 무슨 말이야? 뭐가 좋은지 하나만 말해 봐."

마타사부로는 선생님 같은 표정으로 손가락 하나를

내밀었습니다. 고스케는 시험을 치는 것 같아서 아주 분했지만 어쩔 수 없이 잠시 생각하고는 말했습니다.

"넌 장난만 치잖아, 우산을 부수고."

"그리고 또?"

마타사부로는 재미있다는 듯이 한 걸음 앞으로 나오면서 말했습니다.

"그리고 나무도 부러뜨리고 쓰러뜨리고."

"그리고 또? 또 말해 봐."

"집도 부수잖아."

"그리고? 또 있어?"

"불도 끄고."

"그리고 또, 또?"

"등불도 끄고."

"또, 또 있어?"

"모자도 날려 버리고."

"그리고, 또?"

"삿갓도 날리고."

"또, 또?"

"음, 그리고 전봇대도 쓰러뜨리고."

"그리고? 그리고?"

"지붕도 날려 버리고."

"하하하, 지붕은 집이잖아. 어때? 아직도 있어? 또?"

"그리고 음. 그러니까 램프도 끄잖아."

"하하하하, 램프는 등불이랑 같은 거잖아. 그럼 그게 다야? 아님 또 있어?"

고스케는 말문이 막혔습니다. 거의 다 말했기 때문에 아무리 생각해도 더 이상 떠오르지 않았습니다. 마타사부로는 아주 재밌다는 듯이 손가락 하나를 세우면서 말했습니다.

"그리고? 그 다음은? 응? 또, 또?"

고스케는 얼굴이 새빨개져서 잠시 생각하다 겨우 말했습니다.

"풍차도 부수잖아."

마타사부로가 이번엔 펄쩍 뛰면서 웃었습니다. 모두 웃었습니다. 웃고 또 웃었습니다.

마타사부로는 간신히 웃음을 멈추고 말했습니다.

"뭐라고? 풍차? 풍차는 바람이 나쁘다고 생각하지 않을걸. 물론 가끔 부수기도 하지만 돌려줄 때가 훨씬 많잖아. 풍차는 바람을 싫어하지 않는다고. 거기다 너 아까부터 말하는 게 좀 웃겼어. '음, 음'이라고만 했잖아. 결국 풍차 얘기까지 하고. 진짜 웃기다."

마타사부로는 다시 눈물이 날 정도로 웃었습니다. 아까부터 말문이 막힌 고스케도 어느새 화를 내던 것도 잊어버리고 결국 마타사부로를 따라 웃기 시작했습니다. 그러자 마타사부로도 완전히 마음이 풀려서 말했습니다.

"고스케, 장난쳐서 미안해."

"이제 그만 가자."

이치로가 마타사부로에게 포도를 다섯 송이 주었습니다. 마타사부로는 하얀 밤을 두 개씩 나눠 주었습니다. 그리고 아래쪽 길까지 함께 걸어 내려온 다음에 각자 집으로 돌아갔습니다.

9월 7일

아침나절의 짙은 안개가 2교시부터 걷히기 시작하더니 파란 하늘이 드러나고 햇빛이 쨍쨍 비쳤습니다. 점심때쯤 저학년이 돌아가고 나자 한여름처럼 더워졌습니다.

점심시간이 지난 뒤에는 너무 후덥지근해서 선생님도

가끔 땀을 닦았고 고학년 아이들은 수업 시간에 꾸벅꾸
벅 졸았습니다.

수업이 끝나자 곧바로 강 아래로 다 함께 뛰어갔습
니다.

"마타사부로, 물놀이 가자. 저학년 애들은 아까 다
갔어."

기스케가 말을 건넸습니다.

아이들이 물놀이하러 가는 곳은 두 개의 계곡이 합쳐
져 만들어진 너른 자갈밭과 큰 쥐엄나무가 자라는 절벽
근처였습니다.

"여기야!"

먼저 와 있던 아이들이 발가벗은 채 손을 들고 소리쳤
습니다. 이치로랑 아이들은 강변의 자귀나무 사이를 경
주하듯 달려가 재빨리 옷을 벗고 물속으로 뛰어들어 텀
벙텀벙 물장구를 치면서 맞은편 언덕을 향해 헤엄치기
시작했습니다.

먼저 와 있던 아이들도 뒤를 따라서 헤엄치기 시작했
습니다.

아이들을 따라 헤엄치던 마타사부로가 소리 내어 웃
기 시작했습니다. 맞은편 언덕에 먼저 도착한 이치로가

물에 젖어 바다표범 같은 머리를 하고 새파래진 입술로 덜덜 떨면서 말했습니다.

"야, 마타사부로. 왜 웃어?"

"강물이 정말 차갑다."

물에서 나온 마타사부로 역시 떨면서 말했습니다.

"왜 웃었어?"

이치로가 다시 묻자 웃으며 대답했습니다.

"너희들 헤엄치는 모습이 웃겨서. 왜 발을 텀벙거려?"

"뭐가?"

왠지 부끄러워진 이치로는 희고 둥근 돌을 주우며 말했습니다.

"돌 찾기 할래?"

"내가 저 나무 위에서 떨어뜨릴게."

이치로는 절벽 중간쯤에 있는 쥐엄나무로 가볍게 올라갔습니다.

"그럼 떨어뜨린다. 하나, 둘, 셋."

하얀 돌을 물속으로 풍덩 떨어뜨렸습니다. 앞다퉈 물로 뛰어든 아이들은 해달처럼 잠수를 했습니다. 하지만 숨이 차서 바닥에 채 닿기도 전에 물 위로 올라와 하늘로 물을 내뿜었습니다.

가만히 지켜보던 마타사부로가 아이들이 모두 올라오자 물로 풍덩 뛰어들었습니다. 하지만 역시 바닥까지 못 가고 나왔기 때문에 모두 웃었습니다. 그때 맞은 편 강변 자귀나무 쪽에서 어른 넷이 옷을 벗더니 그물을 들고 왔습니다.

이치로가 나무 위에서 소리를 낮추어 모두에게 말했습니다.

"얘들아, 발파한다. 모르는 척 해. 돌은 그만 줍고 빨리 하류 쪽으로 가."

아이들은 그쪽을 안 보는 척하면서 다 같이 하류 쪽으로 헤엄쳤습니다. 이치로는 손을 이마에 대고 살펴보고는 물속으로 뛰어들어 단번에 모두를 따라잡았습니다.

아이들은 계곡 하류의 얕은 곳에 섰습니다.

"못 본 척하며 놀아."

이치로의 말대로 다들 숫돌을 줍고 할미새를 쫓아다니면서 발파 같은 건 관심도 없는 척했습니다.

맞은편 물가에서는 갱부였던 쇼조가 잠시 이리저리 둘러보고 나서 자갈 위에 앉더니 허리춤에서 담배를 꺼내 뻐끔뻐끔 연기를 내뿜었습니다. 잠시 후 하라가케 *짧은 앞치마 모양의 의상 에서 무언가 꺼냈습니다.

"발파한다, 발파!"

모두 소리치자 이치로가 손을 흔들어 조용히 시켰습니다. 쇼조는 담뱃불을 무언가에 붙였습니다. 뒤에 있던 사람이 곧바로 물로 들어가서 그물을 준비했습니다. 천천히 일어선 쇼조가 한 발을 물에 넣고 손에 든 것을 쥐엄나무 아래쪽으로 던졌습니다. 잠시 후 펑 하는 엄청난 소리와 함께 물이 출렁이며 솟아오르더니 곧바로 그 주변이 울리기 시작했습니다. 맞은편에 있던 어른들이 모두 물속으로 들어갔습니다.

"자, 물고기가 떠내려올 거니까 잘 잡아."

이치로가 말했습니다. 잠시 뒤 고스케가 뒤집힌 채 떠내려오는 새끼손가락 크기의 갈색 둑중개를 잡았습니다. 그 뒤에서 기스케가 참외 씨를 후루룩 빨아먹는 것 같은 소리를 냈습니다. 20센티나 되는 붕어를 잡고 얼굴이 시뻘게져서 좋아하고 있었던 겁니다.

"와아, 와아."

모두가 물고기를 잡고 신이 났습니다.

"조용히 해, 쉿."

이치로가 말했습니다.

그때 맞은 편 강변으로 어른 대여섯 명이 달려왔고 그

뒤에는 그물 셔츠를 입은 사람이 마치 영화처럼 말을 타고 쏜살같이 달려왔습니다. 모두 발파 소리를 듣고 보러 온 거였습니다.

팔짱을 낀 채 물고기 잡는 것을 보고 있던 쇼조가 중얼거렸습니다.

"뭐야, 별로 없잖아."

어느 틈에 쇼조 옆에 가 있던 마타사부로가 중간 크기의 붕어 두 마리를 강가에 던지듯이 놓았습니다.

"물고기 돌려 드릴게요."

"뭐야, 얘는. 웃기는 녀석이군."

쇼조가 마타사부로를 빤히 쳐다봤습니다.

마타사부로는 잠자코 아이들 쪽으로 돌아왔습니다. 쇼조는 황당하다는 표정으로 보고 있었고 다들 웃음이 터졌습니다.

쇼조는 다시 상류 쪽으로 걸어갔습니다. 다른 어른들도 따라가고 그물 셔츠 입은 사람은 말을 타고 달려갔습니다. 고스케가 헤엄쳐 가서 사부로가 두고 온 물고기를 집어오자 다들 또다시 웃기 시작했습니다.

"발파하면 작은 물고기는 버리자."

기스케가 강변 모래 위에서 깡충깡충 뛰며 신이 나서

소리쳤습니다.

아이들은 돌로 만든 작은 웅덩이에 물고기를 가두어 놓고 다시 상류에 있는 쥐엄나무 위로 올라가기 시작했습니다. 너무 더워서 자귀나무 잎은 축 늘어져 있었고 하늘은 깊이를 알 수 없는 연못처럼 보였습니다.

그때 누군가 소리쳤습니다.

"어? 누가 물웅덩이 부순다!"

양복에 짚으로 짠 조리를 신은 이상할 정도로 코가 뾰족한 사람이 지팡이 같은 걸로 웅덩이를 마구 휘저어대고 있는 겁니다.

"아, 저 사람 전매청 사람이다. 전매청이야."

사타로가 말했습니다.

"마타사부로, 네가 담뱃잎 딴 거 들킨 거야. 널 데려가려고 온 거라고."

기스케가 말했습니다.

"칫, 안 무서워."

마타사부로는 입술을 깨물며 말했습니다.

"모두 마타사부로를 둘러싸, 얼른."

이치로가 말했습니다.

쥐엄나무 한가운데에 마타사부로를 앉힌 후 아이들은

주변 가지에 둘러앉았습니다.

그 남자가 첨벙첨벙 물가를 따라 아이들 쪽으로 걸어왔습니다.

"온다, 온다, 온다, 온다."

모두 숨을 죽였습니다. 그런데 그 남자는 마타사부로를 잡지도 않았고, 아이들을 지나쳐서 상류 얕은 쪽으로 갔습니다. 물을 건너려는 것 같았는데 곧바로 건너지도 않고 더러워진 짚신이랑 각반을 빨기라도 하듯이 물 위를 계속 왔다 갔다 했습니다. 아이들은 두려움이 사라지자 기분이 나빠졌습니다. 마침내 이치로가 입을 열었습니다.

"내가 먼저 소리 지를 테니까 하나, 둘, 셋 하면 다들 따라 하는 거다. 알았지? 강물을 더럽히면 안 된다고 선생님이 항상 말씀하셨어요. 하나, 둘, 셋."

"강물을 더럽히면 안 된다고 선생님이 항상 말씀하셨어요."

그 사람은 깜짝 놀라서 이쪽을 봤지만 무슨 말인지 못 알아들은 것 같았습니다. 아이들은 또다시 말했습니다.

"강물을 더럽히면 안 된다고 선생님이 항상 말씀하셨어요."

코가 뾰족한 사람은 담배라도 피는 것처럼 입을 뻐끔 거리며 말했습니다.

"이 물 마시니? 이 주변에서는?"

"강물을 더럽히면 안 된다고 선생님이 항상 말씀하셨어요."

코가 뾰족한 사람은 조금 난처하다는 듯이 다시 말했습니다.

"여길 걸어 다니면 안 되니?"

"강물을 더럽히면 안 된다고 선생님이 항상 말씀하셨어요."

그 사람은 당황한 기색을 감추려는 듯 천천히 물을 건너더니 마치 알프스 탐험가 같은 자세로 파란 점토와 빨간 자갈로 된 절벽을 기어올라 담배밭으로 들어가 버렸습니다.

"뭐야, 날 데리러 온 게 아니잖아?"

마타사부로가 제일 먼저 물속으로 뛰어들었습니다.

아이들은 그 남자와 마타사부로가 가엽기도 하고 웃기기도 해서 멀뚱히 쳐다봤습니다. 그리고 잠시 후 한 명씩 나무에서 뛰어내려 헤엄쳐 가서 가둬 놓았던 물고기를 손수건에 싸 들고 집으로 돌아갔습니다.

9월 8일

수업 시작 전 아이들이 철봉 매달리기랑 자치기를 하며 놀고 있는데 사타로가 무언가 들어 있는 소쿠리를 조심스레 끌어안고 다가왔습니다.

"뭐야? 뭐야? 뭔데?"

아이들이 달려들자 사타로는 소매로 감추면서 서둘러 운동장 구석에 있는 바위 구멍 쪽으로 갔고 모두 뒤를 따라갔습니다. 그것을 들여다본 이치로의 얼굴색이 변했습니다. 물고기를 잡을 때 독처럼 사용하는 산초 가루였는데 그걸 사용해도 발파와 마찬가지로 순경에게 잡혀갑니다. 바위 구멍 옆 억새 속에 산초 가루를 숨긴 사타로가 시치미를 떼고 운동장으로 돌아왔습니다.

수업이 끝날 때까지 모두가 소곤거리며 그 이야기만 했습니다.

그날도 어제와 마찬가지로 10시쯤부터 더워졌고 아이들은 수업이 빨리 끝나기만을 기다렸습니다. 2시에 수업이 끝나자 모두가 쏜살같이 뛰쳐나갔습니다. 아이들은 소매로 소쿠리를 감춘 사타로를 둘러싸고 강가로 갔습니다. 마타사부로는 기스케와 함께 갔습니다. 가스 냄새를 풍기는 자귀나무 강가를 지나 늘 가던 쥐엄나무가 있는 물가에 도착했습니다. 한여름처럼 멋진 뭉게구름이 동쪽에서 뭉게뭉게 일어나고 쥐엄나무는 파랗게 빛나고 있었습니다.

모두 서둘러 옷을 벗고 물가에 서자 사타로가 이치로의 얼굴을 보면서 말했습니다.

"다들 한 줄로 서 봐. 물고기가 떠오르면 헤엄쳐서 잡아 오는 거다. 잡은 만큼 줄 테니까. 알았지?"

어린아이들은 너무 좋아서 상기된 얼굴로 서로 밀치며 물가에 둘러섰습니다. 베기치랑 몇몇 아이들은 이미 쥐엄나무 아래까지 헤엄쳐 가서 기다리고 있었습니다.

우쭐대며 상류 쪽으로 간 사타로가 소쿠리를 첨벙첨벙 물로 씻었습니다. 모두 조용히 물을 쳐다보고 있었습니다. 마타사부로는 멀리 구름 위를 날아가는 검은 새를 보고 있었습니다. 이치로도 강가에 앉아 딱딱딱 돌을 두드리고 있었습니다. 그런데 시간이 흘러도 물고기는 떠오르지 않았습니다. 사타로는 심각한 얼굴로 꼼짝 않고 물을 바라보고 있었습니다. 어제 같았으면 벌써 열 마리는 잡았을 거라고 모두가 생각했습니다. 더 기다렸지만 역시 물고기는 한 마리도 떠오르지 않았습니다.

"물고기가 한 마리도 안 떠오르잖아!"

고스케가 소리쳤습니다. 사타로는 움찔했지만 여전히 뚫어지게 물을 쳐다보고 있었습니다.

"뭐야, 물고기 하나도 안 떠오른다."

베기치가 저쪽 나무 아래에서 말했습니다. 모두 재잘재잘 떠들다 물속으로 뛰어들었습니다.

잠시 멋쩍은 듯이 웅크리고 앉아 물을 쳐다보던 사타로가 마침내 일어나서 외쳤습니다.

"우리 술래잡기 하자."

"그래, 그러자."

다들 '가위바위보'를 하려고 물속에서 손을 내밀었습니다. 헤엄치던 아이는 서둘러 발이 닿는 데까지 가서 손을 내밀었습니다. 강변에 있던 이치로도 다가와서 손을 내밀었고, 제일 먼저 어제 그 코가 뾰족한 사람이 올라간 강가의 파랗고 미끌미끌한 점토가 있는 곳을 은신처로 정했습니다. 거기 있으면 술래가 못 잡을 거라고 생각한 겁니다. 가위를 내지 않는 '가위바위보'를 했는데 에쓰지 혼자 가위를 내서 술래가 되었습니다. 에쓰지는 입술이 파래지도록 강가를 달려 기사쿠를 잡아서 술래가 두 명으로 늘었습니다. 모래사장이랑 계곡물을 이리 뛰고 저리 뛰면서 잡고 잡히며 몇 번이나 술래잡기를 했습니다.

마지막에 술래가 된 마타사부로가 곧바로 기치로를 잡았습니다. 모두 쥐엄나무 아래에서 보고 있었습니다.

"기치로, 너는 상류에서 애들을 몰면서 내려와. 알겠지?"

이렇게 말하고 마타사부로는 그냥 보고만 있었습니다. 기치로가 입을 벌린 채 팔을 펴고 상류에서 점토 위로 쫓아왔습니다. 아이들이 물속으로 뛰어들 준비를 하는데 이치로가 버드나무로 올라갔습니다. 그때 기치로가 발바닥에 묻은 점토 때문에 미끄러져 넘어졌습니다. 모두들 와아아 소리치며 기치로를 뛰어넘어 물로 들어가거나 상류의 푸른 점토가 있는 은신처까지 기어 올라갔습니다.

"마타사부로, 어디 한번 와 봐."

기스케가 팔을 벌리고 큰 소리로 마타사부로를 놀렸습니다. 마타사부로는 아까부터 상당히 약이 오른 것 같았습니다.

"좋아, 잘 봐."

정색을 하더니 물로 텀벙 뛰어들어 열심히 그쪽으로 헤엄쳐 갔습니다.

아이들은 물 표면에서 찰랑거리는 빨간 머리칼과 추

워서 보랏빛이 된 입술 때문에 마타사부로가 무서워졌습니다. 점토가 있는 곳은 좁아서 다 들어갈 수 없었고 경사진 데다 미끄러웠기 때문에 아래쪽의 아이들은 위에 있는 사람을 붙잡고 강으로 떨어지지 않으려고 안간힘을 쓰고 있었습니다.

"자, 다들 모여 봐."

제일 위에 있던 이치로가 침착하게 작전을 짜기 시작했고 모두가 머리를 맞대고 듣고 있었습니다. 마타사부로가 물을 찰랑거리며 다가가더니 소곤거리는 아이들에게 갑자기 물을 튀겼습니다. 모두 허둥지둥 막았지만 진흙이 아래로 밀려 조금씩 미끄러지는 것 같았습니다. 신이 난 마타사부로가 더 세게 물을 튀겼고 아이들은 풍덩풍덩 물속으로 미끄러져 떨어졌습니다. 미끄러지는 아이들을 잡고 있던 마타사부로에게 이치로도 잡혔습니다. 도망치는 기스케를 쫓아가서 잡은 마타사부로가 기스케의 팔을 잡아당기며 빙빙 돌렸습니다. 물을 먹었는지 콜록콜록 사레가 들린 기스케가 소리쳤습니다.

"나 이제 그만 할래. 술래잡기 안 해."

아이들은 모두 조약돌 위에 올라가 앉아 있었고 마타사부로 혼자 쥐엄나무 아래에 서 있었습니다.

바로 그때, 밀려든 먹구름에 버드나무는 색이 바랜 듯 희끄무레해지고 산의 풀은 점점 검어지더니 주변 경치가 너무나 무서워졌습니다.

갑자기 천둥이 치는가 싶더니 산사태라도 난 것처럼 느닷없이 소나기가 쏟아지고 바람까지 거세게 불기 시작했습니다. 아이들은 옷을 끌어안고 자귀나무 아래로 도망쳤습니다. 마타사부로도 무서웠는지 물속으로 뛰어들어 아이들이 있는 곳을 향해 헤엄치기 시작했습니다.

"비는 주룩 주룩 주루룩, 비의 아이 아메사부로.

바람은 휘잉 휘잉 휘이잉, 바람의 아이 마타사부로."

누군가 이렇게 외치자 모두가 함께 외쳤습니다.

"비는 주룩 주룩 주루룩, 비의 아이 아메사부로.

바람은 휘잉 휘잉 휘이잉, 바람의 아이 마타사부로."

마타사부로는 물속에서 누가 발을 잡아당기기라도 한 것처럼 물에서 펄쩍 튀어 올라 재빨리 달려와서 덜덜 떨며 물었습니다.

"지금 소리친 거 너희들이야?"

"아니, 아냐!"

모두 함께 외쳤습니다.

"아냐."

베기치가 다시 대답했습니다. 꺼림칙하다는 듯이 강 쪽을 쳐다보던 마타사부로가 핏기가 없어진 입술을 언제나처럼 꼭 깨물고

"별거 아니네."라고 했지만 몸은 여전히 덜덜 떨고 있었습니다.

비가 갠 틈에 모두 집으로 돌아갔습니다.

9월 12일, 열두 번째 날

휘잉 휘잉 휘이잉 휭,
파란 호두도 날려 버리자.
새콤한 모과도 날려 버리자.
휘잉 휘잉 휘이잉 휭,
휘잉 휘잉 휘이잉 휭.

얼마 전 마타사부로에게 들었던 그 노래를 이치로는 꿈속에서 또다시 들었습니다.

깜짝 놀라서 일어나 보니 세찬 바람 소리가 마치 숲이 울부짖는 것처럼 들렸습니다. 동틀 무렵의 어슴푸레한

빛이 장지문이랑 선반 위의 등롱이랑 집 안에 가득했습니다. 서둘러 옷을 입은 이치로가 게다를 신고 마구간 옆쪽문을 열자 거센 바람이 차가운 빗방울과 함께 밀려들어 왔습니다.

마구간 뒤쪽에서 무언가 덜컹 넘어지고 말이 부르르르 콧소리를 냈습니다.

"후우."

이치로는 바람이 가슴 밑바닥까지 스며든 것 같아서 숨을 내쉬고는 밖으로 달려 나갔습니다. 밖은 이미 밝았고 땅은 젖어 있었습니다. 집 앞의 밤나무들은 푸르게도 하얗게도 보였는데 마치 비바람에 씻기고 있는 것 같았습니다. 수많은 푸른 잎이 이리저리 날리고 찢긴 파란 밤송이가 검은 땅바닥에 수두룩하게 떨어져 있었습니다. 거친 잿빛으로 빛나던 구름을 북쪽으로 날려 버렸습니다. 멀리 보이는 숲이 마치 거친 파도가 철썩거리는 것처럼 바람에 흔들리고 있었습니다. 이치로는 차가운 빗방울에 얼굴이 젖고 바람에 옷이 벗겨지면서도 잠자코 바람 소리에 귀를 기울이며 뚫어지게 하늘을 쳐다보았습니다.

그러자 가슴에서 살랑살랑 파도가 이는 것 같았습니

다. 그런데 울부짖으며 신음하며 달려가는 바람을 가만히 보고 있자니 이번에는 가슴이 쿵쿵 울리는 것이었습니다. 어제까지만 해도 언덕에서도 들판에서도 하늘 끝까지 청명할 정도로 고요하던 바람이 새벽부터 일제히 불기 시작해서 타스카로라 해연 *치시마 캄차카 해구 중심부의 심해의 북쪽 끝을 향해서 날아간다고 생각하니 이치로는 얼굴이 뜨거워지고 숨도 하아 하아 몰아쉬게 되었습니다. 이치로도 함께 하늘을 날아가는 것 같은 기분이 되어 가슴을 한껏 펴고 숨을 크게 내쉬었습니다.

"오늘은 바람이 세군. 담뱃잎이며 밤이며 다 떨어지겠는 걸."

이치로의 할아버지가 쪽문 옆에서 물끄러미 하늘을 올려다보고 있었습니다. 이치로는 서둘러 물통에 우물물을 가득 퍼 담아 부엌을 깨끗하게 닦았습니다. 그리고 대야를 꺼내 얼굴을 말끔하게 씻고 선반에서 차가운 밥과 된장을 꺼내 정신없이 먹어 치웠습니다.

"이치로, 국이 거의 다 끓었으니까 조금만 기다려. 오늘은 학교에 일찍 가야 하니?"

엄마가 말에게 줄 여물을 삶는 솥에 물을 넣으면서 물었습니다.

"응, 마타사부로가 날아갔을지도 몰라."

"마타사부로가 뭐야? 새 이름이니?"

"아니, 마타사부로라는 애야."

이치로는 서둘러 밥을 먹고 밥그릇을 쓱쓱 닦고는 부엌에 걸어 둔 우비를 입고 게다를 든 채 맨발로 기스케를 데리러 갔습니다.

방금 일어난 기스케가 말했습니다.

"얼른 먹고 나갈게."

이치로는 잠시 마구간 앞에서 기다렸습니다.

이윽고 기스케가 작은 조롱을 입고 나왔습니다.

세찬 비바람 때문에 흠뻑 젖으면서 간신히 학교에 도착했습니다. 교실은 조용했지만 창틈으로 비가 들어와 마룻바닥이 질척거렸습니다.

"기스케, 우리 둘이 물 좀 닦자."

교실을 잠시 둘러본 이치로가 종려나무 빗자루를 가져와 창 아래 구멍으로 물을 쓸어 모았습니다.

"벌써 누가 왔나?"

선생님이 평상복에 빨간 부채를 들고 안에서 나왔습니다.

"일찍 왔구나. 둘이 청소하는 거니?"

"선생님, 안녕하세요."

이치로가 인사했고 기스케도 뒤따라 인사를 하고 물었습니다.

"선생님, 마타사부로 오늘 와요?"

"마타사부로? 아, 다카다 말이니? 다카다는 어제 아버지와 함께 떠났어. 일요일이라서 너희들에게 인사도 못하고 갔단다."

"마타사부로 날아서 갔어요?"

기스케가 물었습니다.

"응? 아버지 회사에서 돌아오라는 연락을 받았대. 아버지는 잠깐 다시 오신다고 했지만 다카다는 그쪽 학교로 가야 한다는구나. 어머니도 거기 계시니까."

"회사에서 왜 오라고 한 거예요?"

이치로가 물었습니다.

"여기 몰리브덴 광맥은 당분간 손을 안 대기로 한 모양이더라."

"맞아. 역시 그 녀석은 바람의 아이 마타사부로야."

기스케가 크게 외쳤습니다. 숙직실 쪽에서 달그락거리는 소리가 났습니다. 선생님은 빨간 부채를 들고 서둘러 그쪽으로 갔습니다.

둘은 아무 말 없이 서로가 무슨 생각을 하는지 살피듯 마주 보았습니다.

　바람은 여전히 불고 있었고 빗방울에 부예진 유리창이 덜컹거렸습니다.

●●●

미야자와 겐지

(宮沢賢治 1896~1933)

이와테현 하나키 출생의 시인, 동화작가이자 교사, 종교가였던 미야자와 겐지는 37세의 나이에 폐결핵으로 생을 마쳤다. 중학교 3학년 때부터 이시가와 다쿠보쿠의 영향을 받아 단카를 짓기 시작했고 모리오카 고등 농림학교 재학 당시 동인지 ≪아자리아≫를 발행하며 단카와 단편 등을 기고했다. 1921년부터 5년간 하나마키 농업학교에서 교사로 근무하며 농민들의 현실을 깨닫고 '치라스진 협회'를 설립하여 농업 기술자로서 농민의 생활 향상을 위해 노력하였다.

일련종의 독실한 신자로 불교 신앙과 농민 생활에 뿌리를 두고 창작 활동을 한 그의 작품에는 유복한 출생과 농민들의 고단한 삶의 대비에서 오는 속죄 의식과 자기 희생 정신이 흐르고 있다. 의성어를 많이 사용하고 운문 같은 리듬의 문체적 특징을 보이는 그의 동화는 동시대 주류의 아동문학과는 이질적인 것으로 평가된다. 많은 시와 동화를 남겼으나 생전에 간행된 작품은 시집 『봄과 수라』와 동화집 『주문이 많은 요리집』 두 권뿐이다. 구사노 신페이의 『미야자와 겐지 추도』 출판이 주목을 받으며 유고집의 간행이 이어져 그의 작품이 세상에 알려지게 되었다. 일본의 국민적 작가로 사랑받으며 국외에서도 많은 작품이 번역 소개되고 있다.

쏙독새의 별

1934년에 발표된 「쏙독새의 별」은 미야자와 겐지가 법화 문학 창작에 뜻을 두었던 초기의 작품으로 '종교의 초 윤리적인 해탈', '수라의 성불' 등의 불교적인 관점, 그리고 '부조리에 대한 분노와 원죄 극복을 위한 통렬한 기도', '자기애에 의한 자기 연소'와 같은 자아의 문제로 해석되는 작품이다.

이 동화의 주인공 '쏙독새'는 일본어로 '밤매'라는 뜻이다. 매라는 이름이 붙어있지만, 발톱도 약하고 힘없는 쏙독새는 못생긴 얼굴 때문에 다른 새들에게 따돌림을 당하고 진짜 매에게는 이름을 바꾸라는 소리까지 듣는다. 이름에 의해 보장되는 정체성마저 부정당하는 약한 존재인 것이다. 괴로움에 울부짖으며 하늘을 날던 쏙독새는 입 안으로 날아든 날벌레를 삼키는 순간, 자신 또한 날벌레에게 괴로움을 주는 존재임을 깨닫는다. 더 이상 벌레를 잡아먹지 않겠다는 결심과 함께 동생 물총새에게도 꼭 필요할 때만 물고기를 잡고 결코 재미로 잡아서는 안 된다는 충고를 하고 하늘로 날아오른다.

별이 되고자 하늘로 날아오르기를 반복하다 죽음을 맞이하는 순간, 마침내 쏙독새는 별이 되어 빛나기 시작한다. 따돌림과 괴롭힘을 당하다 죽음을 맞이하는 그저 가엾은 존재가 아니라 끝없는 노력과 정진을 통해 누구나 우러러보는 반짝이는 별로 새롭게 태어난 것이다. 육체의 죽음은 끝이 아니라 빛나는 새로운 존재로서의 시작이라는 희망을 이야기하는 이 작품은 독실한 불교 신자였던 작가의 세계관을 뚜렷하게 드러낸다.

바람의 아이 마타사부로

「바람의 아이 마타사부로」는 기존 작품인 「바람의 마타사부로」, 「다네야마 고원」, 「쥐엄나무 연못」을 개작해하나의 동화로 엮어낸 작품으로 다의적인 매력을 가진미야자와 겐지의 대표적인 작품이다. ≪아동문학≫ 3월호에 발표 예정이었으나 잡지의 폐간으로 인해 작가가세상을 떠난 다음 해인 1934년 문포당 서점에서 최초로펴낸 『미야자와 겐지 전집』 제3권을 통해 발표되었다.

바람이 불던 어느 날 산골 학교에 홀연히 나타난 빨강머리의 낯선 아이. 평범한 일상을 보내던 산골 아이들에게 이질적인 존재인 그 아이는 바람의 신의 이름에 빗대어 불리게 되고 이 아이로 인해 특별할 것 없던 평범한일상은 고요한 물에 돌멩이가 던져진 듯 파문이 일기 시작한다. 아이들은 항상 다니던 고원에서 한 번도 해본 적 없는 경마를 하게 되어 길을 잃기도 한다. 담뱃잎을 따거나 잡은 물고기를 돌려주는 등 예상치 못한 아이의 행동 때문에 평범했던 물놀이도 긴장감 있는 새로운 놀이가 된다. 9월 1일에 전학을 와서 9월 12일에 다시 떠나기까지 산골 아이들의 평범했던 12일의 기간은 특별하고도 이상한 이 아이로 인해 잊을 수 없는 날들이 된다. 바람이 많은 북쪽 지방에서 태어나 농업활동가로 활약했던 작가에게 바람은 극복해야 하는 까다로운 존재인 동시에 어떻게든 함께 조화를 이뤄야 하는 존재이기도 했을 것이다. 어느 날 바람과 함께 나타난 그 아이처럼.

한 번쯤 경험해 보았을 법한 어린 시절의 추억과 주변에 있던 조금은 독특했던 친구를 떠올리며 읽는 내내 미소를 짓게 한다. 동화이지만 어른이기에 더 공감할 수 있는 작품이 아닐까 싶다. 우리와 다르다는 것이 결코 불편하거나 배척해야 하는 것이 아닌, 그 다름이 오히려 평범한 우리의 날들을 얼마나 빛나게 하는지를 깨닫게 해주는 작품이다.

서홍

역자 후기

●●●

　문학 작품은 독자와 만나는 순간 비로소 완성되는 열린 텍스트이다. 그래서 우리는 늘 새롭고 다양한 방식으로 문학 작품을 만나면서 작가와 대화를 나눈다. 좋은 일본문학 작품을 번역하여 독자에게 소개하고자 하는 기획 시리즈의 첫 번째 결과물을 '짧았기에 더욱 빛나는'이라는 제목으로 선보이게 되었다.

　이 책에는 창작의 혼을 불태우다가 안타깝게도 이삼십 대의 나이에 짧은 생을 마감한 일본의 근대 작가 여섯 명의 단편 소설이 실려 있다. 천재라는 수식어가 항상 뒤따르는 이들 작가의 작품 가운데 두 편씩 선별하여 작가 특유의 매력을 맛볼 수 있도록 하였다. 천재성이 번뜩이는 뛰어난 표현력과 아름다운 문장에서 100년이 넘는 시간적 거리에도 불구하고 위화감을 느낄 수 없다는 사실이 놀랍다. 그들이 살았던 근대라는 격동의 시기가 현재 우리가 겪고 있는 급변하는 시대상과 크게 다르지 않기 때문일까. 시간적 공간적 배경만 다를 뿐 인간 삶에 대한 그들의 사유는 지금도 충분한 공감을 이끌어낸다.

이 책에 실린 작품들은 가족을 둘러싼 갈등과 화해, 억압받는 사회적 약자를 향한 따뜻한 시선, 그리고 어린 시절의 아련한 추억을 떠올리게 하는 동화 같은 이야기 등 다양한 내용을 담고 있다. 소재와 등장인물은 각기 다르지만 고통스럽고 힘든 현실 속에도 한 줄기 희망의 빛이 존재한다는 점에서 공통점을 찾을 수 있다. 이 책의 목차를 훑어보면 제일 먼저 「밀감」, 「레몬」, 「앵두」라는 과일 이름이 눈에 띌 것이다. 이 과일들의 따뜻한 빛깔과 상큼한 이미지는 어두운 삶을 밝히는 희망적인 메시지를 전해 준다는 점에서 이 책의 기획 의도를 상징적으로 보여 준다.

천재적인 재능을 지닌 작가들이 요절하지 않고 그 능력을 오랫동안 마음껏 펼쳤다면 우리는 더욱 크고 넓은 그들의 문학 세계와 만날 수 있었을 것이다. 아쉬운 마음이 크지만 짧은 생을 살았기에 그들의 혼이 담긴 빛나는 작품들은 시공간을 초월하여 현재를 살아가는 우리에게 더욱 깊은 울림을 주는 것이 아닐까 싶다. 여섯 명의 작가가 들려주는 이야기가 독자에게 따뜻한 위로가 되고 삶에 대한 성찰의 기회를 줄 수 있길 바란다.

번역은 단순한 언어의 변환이 아니라 원작에 잠재된 문학 세계를 드러내고 돋보이게 하는 작업이라고 생각한다. <일본문학 컬렉션>의 첫 번째 작업으로 이 책을 기획하고 번역한 역자들은 앞으로도 다양한 기획을 통해 독자들의 가슴에 오래 남을 수 있는 좋은 일본문학 작품을 선별하여 소개하고자 한다. 끝으로 이 책의 출판에 흔쾌히 동의해 주신 (주)글로벌콘텐츠출판그룹의 홍정표 대표님께 감사의 말씀을 전한다.

2021년 봄
안 영 신